O FANTASMA DA MEIA-NOITE

OBRAS DO AUTOR PUBLICADAS PELA EDITORA RECORD

As areias do tempo
Um capricho dos deuses
O céu está caindo
Escrito nas estrelas
Um estranho no espelho
A herdeira
A ira dos anjos
Juízo final
Lembranças da meia-noite
Manhã, tarde & noite
Nada dura para sempre
A outra face
O outro lado da meia-noite
O plano perfeito
Quem tem medo de escuro?
O reverso da medalha
Se houver amanhã

INFANTOJUVENIS
Conte-me seus sonhos
Corrida pela herança
O ditador
Os doze mandamentos
O estrangulador
O fantasma da meia-noite
A perseguição

MEMÓRIAS
O outro lado de mim

COM TILLY BAGSHAWE
Um amanhã de vingança (sequência de
Em busca de um novo amanhã)
Anjo da escuridão
Depois da escuridão
Em busca de um novo amanhã (sequência de *Se houver amanhã*)
Sombras de um verão
A senhora do jogo (sequência de *O reverso da medalha*)
A viúva silenciosa
A fênix

Sidney Sheldon
O FANTASMA DA MEIA-NOITE

13ª EDIÇÃO

tradução de **A.B. PINHEIRO DE LEMOS**

EDITORA RECORD
RIO DE JANEIRO • SÃO PAULO
2023

CIP-Brasil. Catalogação na fonte
Sindicato Nacional dos Editores de Livros, RJ.

S548f
13ª ed.

Sheldon, Sidney, 1917-2007
O fantasma da meia-noite / Sidney
Sheldon; tradução de Pinheiro de Lemos. – 13ª ed.
– Rio de Janeiro: Record, 2023.

Tradução de: Ghost story
ISBN 978-85-01-04130-2

1. Literatura infantojuvenil. I. Lemos, A.
B. Pinheiro de (Alfredo Barcelos Pinheiro de),
1938-   . II. Título.

94-1397

CDD — 028.5
808.899282
CDU — 087-5
82-93

Título original norte-americano
GHOST STORY

Copyright © 1994, 1993 by Sidney Sheldon Family Limited Paternship.

Todos os direitos reservados. Proibida a reprodução, no todo ou em parte, através de quaisquer meios.

Texto revisado segundo o Acordo Ortográfico da Língua Portuguesa de 1990.

Ilustrações de miolo: Fernando Miller
Capa: Leonardo Iaccarino
Imagem de capa: Joshua Haviv/ Shutterstock

Direitos exclusivos de publicação em língua portuguesa para o Brasil adquiridos pela
EDITORA RECORD LTDA.
Rua Argentina, 171 – Rio de Janeiro, RJ – 20921-380 – Tel.: (21) 2585-2000, que se reserva a propriedade literária desta tradução.

Impresso no Brasil
ISBN 978-85-01-04130-2

Seja um leitor preferencial Record.
Cadastre-se em www.record.com.br e receba informações sobre nossos lançamentos e nossas promoções.

EDITORA AFILIADA

Atendimento e venda direta ao leitor:
sac@record.com.br

Capítulo 1

Era inacreditável. Parecia um pesadelo, só que era real. Estavam prestes a ser assassinados. O homem os ameaçava com uma faca enorme na mão e disse:

— Fechem os olhos.

Já podiam ver a faca começando a cortar seus corpos desamparados e não havia nada que pudessem fazer. Absolutamente nada.

Tudo começou seis meses antes, quando o pai chegou do trabalho.

— Tenho uma notícia sensacional para vocês — anunciou Takesh Yamada. — Vamos para a América.

Sensacional? Era incrível!

Kenji, de 14 anos, e Mitsue, de 11, fitaram o pai na maior incredulidade. América! Era no outro lado do mundo. Já haviam lido sobre a América nos livros escolares. Era um país enorme e, para eles, também muito misterioso.

— O que aconteceu? — indagou a mãe, Keiko. — Por que vamos para lá?

Um vasto sorriso iluminou o rosto de Takesh Yamada.

— Esta manhã, Masaaki Takahashi me chamou à sua sala e disse que o gerente de nossa fábrica em Nova York vai se aposentar. Querem que eu ocupe seu lugar. — Todos sabiam que Masaaki Takahashi era o presidente da Corporação Watanabe. — Assumirei o comando da fábrica.

A esposa e os dois filhos de Takesh Yamada reagiram à notícia com sentimentos contraditórios. Orgulhavam-se por ele ser incumbido de uma missão tão importante... mas Nova York?

— Estaremos seguros lá, papai? — indagou Kenji, um pouco nervoso.

Afinal, todos sabiam que Nova York era uma cidade cheia de gângsteres, assaltantes e arruaceiros. O pai riu.

— Claro que sim. Os jornais exageram tudo.

A esposa, Keiko, preocupava-se com um problema diferente.

— Mas isso significa que teremos de deixar nossa casa aqui e começar tudo de novo.

— Será apenas por um ano — assegurou o marido. — Voltaremos depois que estiver tudo em ordem na fábrica.

— Mas terei de deixar todas as minhas amigas e entrar numa nova escola — protestou Mitsue.

— E eu também — acrescentou Kenji.

— Farão novos amigos — garantiu o pai.

Kenji sabia que era verdade. Era um garoto simpático e inteligente, fazia amigos com facilidade. Mas havia outras coisas a considerar. Era o capitão do time de beisebol da escola. Não queria renunciar a essa posição.

— O que o time fará sem mim? — indagou ele.

— Tenho certeza que vai sobreviver até sua volta.

— Mas...

— Não há nenhum mas — interrompeu o pai, com firmeza. — Será uma aventura emocionante para todos nós.

A família Yamada não tinha a menor ideia de como seria emocionante. Se soubessem das coisas terríveis que estavam prestes a acontecer, nunca teriam saído de Tóquio.

Nas duas semanas seguintes, parecia que havia mil e uma coisas a serem feitas ao mesmo tempo.

— Teremos de deixar alguns de nossos pertences num depósito até voltarmos — disse

Keiko. — Precisamos decidir o que levaremos para a América.

— Quero levar minha bicicleta — declarou Kenji.

— Não pode. É grande demais.

— Posso levar minha coleção de bonecas? — perguntou Mitsue.

— Não posso deixar de levar minha luva de beisebol e as fitas de música — avisou Kenji.

— E eu quero levar meus bichos de pelúcia e a casa de bonecas — acrescentou Mitsue.

— Por favor, crianças! Não se esqueçam de que viajaremos de avião e não podemos levar muita coisa.

— O que faremos com Neko? — indagou Mitsue. — Não podemos deixá-la sozinha aqui.

Neko era a gata da família. Era enorme, preta, preguiçosa, e todos a adoravam.

— Creio que não será possível levá-la — disse o pai.

— Por favor! — suplicaram as crianças. — Ela morrerá sem a gente!

— Acho que não tem problema — declarou Keiko ao marido. — As pessoas também devem ter animais de estimação na América.

— Está bem — concordou Takesh Yamada. — Neko pode ir conosco. Tomarei as providências necessárias para que viaje em nosso avião.

Ninguém da família Yamada tinha viajado de avião antes. As crianças aguardavam a oportunidade com ansiedade. Keiko sentia-se um pouco nervosa.

— Os aviões são tão grandes quanto casas — comentou ela. — Como podem se sustentar no ar?

Kenji explicou à mãe, com alguma presunção:

— É o que chamam de aerodinâmica, mamãe. Os motores a jato empurram o avião para a frente e as asas são curvas para que possamos voar.

Keiko torceu o nariz.

— Se Deus quisesse que voássemos, filho, teria nos dado asas.

Finalmente chegou o dia da partida. As crianças se despediram dos amigos e professores. Keiko também se despediu dos amigos e vizinhos e até dos comerciantes com quem costumava fazer compras. Todos se mostravam emocionados por eles.

— Não imagina como a invejo — disse uma vizinha a Keiko. — Sempre sonhei em conhecer a América.

— Contarei como é quando voltarmos — prometeu Keiko.

— Sente-se nervosa com a perspectiva de voar?

— Claro que não.

— Eu me sentiria — comentou a vizinha. — Aqueles aviões são grandes demais. Como conseguem ficar no ar?

— É muito simples — explicou Keiko, presunçosa. — É o que chamam de aerodinâmica. Os motores a jato empurram o avião para a frente e as asas são curvas para que possamos levantar voo.

Takesh Yamada não admitiu para a família, mas também se sentia nervoso com a ideia de voar. A família foi levada ao aeroporto numa limusine da empresa. O aeroporto estava bastante movimentado. Parecia que todas as pessoas do mundo iam voar para algum lugar. Kenji olhou para a placa que dizia "Partidas e Chegadas" e disse:

— Olhem ali!

Os nomes na placa pareciam ter saído dos livros de história: Índia, Alasca, Marrocos, Paris, Nigéria, Polônia, Moscou...

— Pensem só nisso! — exclamou ele. — Há pessoas viajando para todos esses lugares todos os dias!

— E sabe qual é o mais fascinante de todos os lugares? — indagou o pai.

— Não, papai.

— A cidade onde vamos morar, Nova York.

O voo era pela Japan Airlines, e o avião seria um 747.

— É tão grande quanto um campo de futebol — comentou Kenji.

Viram Neko ser posta numa caixa especial e levada para o compartimento de bagagens.

Havia mais de trezentos passageiros no voo. A voz da aeromoça saiu pelo sistema de alto-falantes:

— Apertem os cintos de segurança, por favor.

Kenji já tinha prendido seu cinto. Tinha medo de haver um solavanco no momento em que o avião decolasse, derrubando-o da poltrona. Não sabia que o pai tinha pensado a mesma coisa.

— Apertem bem os cintos de segurança — recomendou Takesh Yamada.

Mitsue estava à beira do pânico.

— Claro, papai.

Ouviram o súbito rugido dos jatos, enquanto o avião disparava pela pista. Keiko agarrou os braços da poltrona.

— Vamos decolar.

Ela fechou os olhos, apavorada, achando que haveria um desastre. Esperou e esperou, mas nada aconteceu. Só abriu os olhos depois de muito tempo e não pôde acreditar no que viu. Já se encontravam no ar e ninguém sentira qualquer coisa. Olharam pela janela, enquanto o avião continuava a subir e Tóquio se tornava cada vez menor. Ouviram o som do trem de aterrissagem sendo recolhido. Estavam voando!

— Ora, não tem nada demais! — exclamou Keiko. — É como andar de carro, só que mais alto.

Keiko ainda não podia acreditar na facilidade da decolagem. Viajavam agora a centenas de quilômetros por hora, mas a impressão era de que estavam parados. A Terra lá embaixo parecia se deslocar muito devagar.

— Esperem só até eu contar às minhas amigas sobre isso! — disse Mitsue. — Todas ficarão com inveja!

Kenji não podia explicar, nem para si mesmo, mas subitamente sentia que se tornara um homem. *Quantos amigos meus já voaram num avião?*, pensou ele. *Nenhum. Mitsue tem razão. Todos ficarão com a maior inveja.*

O almoço começou a ser servido pouco depois da decolagem. Podiam escolher entre comida japonesa e americana. Takesh e Keiko preferiram o cardápio japonês, mas as crianças pediram hambúrgueres, batatas fritas e Coca-Cola.

— Essa comida faz mal — desdenhou o pai.

Kenji sorriu.

— Se vamos viver na América, é melhor nos acostumarmos logo à maneira como eles comem.

— Isso nada tem a ver com a vida na América — interveio Keiko. — É o que você e Mitsue sempre pedem no McDonald's em Tóquio quando os deixo almoçar fora.

Depois do almoço, Kenji perguntou:

— Mitsue e eu podemos dar uma volta?

— Podem, sim, mas não incomodem os outros passageiros — respondeu Takesh.

— Não vamos incomodar ninguém, papai.

Kenji e Mitsue circularam pelos corredores, explorando o avião. Ao chegarem à cabine, o piloto abriu a porta.

— Quem são vocês? — perguntou ele.

— Sou Kenji Yamada e esta é minha irmã, Mitsue.

— Sejam bem-vindos a bordo. Quer dizer que estão indo para Nova York. Já conhecem a cidade?

— Não, senhor — respondeu Kenji. — Vamos morar lá por um ano. Meu pai vai dirigir uma grande fábrica de equipamentos eletrônicos em Nova York.

— Eletrônicos, hein? Vocês dois não gostariam de visitar a cabine? Temos vários equipamentos eletrônicos aqui.

Kenji não podia acreditar em tanta sorte.

— Claro que gostaríamos, senhor! Podemos?

— Creio que se pode dar um jeito. — O piloto abriu a porta. — Entrem.

Kenji e Mitsue entraram na cabine. Não dava para acreditar no que viam. Ao lado do assento do piloto ficava o copiloto e por trás o engenheiro de voo. O mais espantoso, porém, eram os painéis de instrumentos que ocupavam toda a pequena cabine.

— Deve haver um milhão de instrumentos aqui! — exclamou Kenji.

— Quase. — O piloto sorriu. — Tudo a bordo é computadorizado. Este avião quase pode voar sozinho.

— Mas não contem isso a ninguém — disse o copiloto —, ou seremos despedidos.

Eles deixaram as crianças ficarem ali por dez minutos, na maior fascinação. Ao final, Mitsue sugeriu:

— É melhor voltarmos para nossos pais, ou eles começarão a ficar preocupados. Obrigada.

— O prazer foi nosso — assegurou o piloto. — Tentaremos fazer com que tenham uma viagem tranquila.

As crianças voltaram apressadas para junto dos pais.

— Não vão adivinhar o que nos aconteceu — disse Kenji. — O piloto nos deixou entrar na cabine.

O pai ficou impressionado.

— É mesmo?

— É, sim, papai. Quando eu crescer, talvez me torne um piloto.

— Enquanto isso — interveio Keiko —, temos muitas horas de voo pela frente e acho que seria uma boa ideia se vocês dormissem um pouco.

— Estou agitado demais para dormir — garantiu Kenji.

— E eu também — acrescentou Mitsue.

Meia hora depois, os dois haviam mergulhado num sono profundo.

Foram acordados pela voz que saía do sistema de alto-falantes:

— Apertem os cintos, por favor, e apaguem os cigarros. Estamos nos aproximando do Aeroporto Kennedy.

As crianças ficaram alerta no mesmo instante. Olharam pelas janelas para ver a paisagem de Nova York lá embaixo. Parecia uma floresta de enormes edifícios.

— Lembra Tóquio — comentou Kenji. — Só que os edifícios são mais altos.

Ouviram o trem de aterrissagem ser arriado, com um estrondo, e Keiko indagou, aflita:

— Vamos cair?

— Claro que não, mamãe — respondeu Kenji. — Apenas baixaram as rodas.

Poucos minutos mais tarde estavam no solo. O pouso foi tão suave que Keiko mal podia acreditar.

— De que eu tinha medo? — murmurou ela. — Voar é uma coisa tranquila.

Uma rampa enorme foi encostada na porta do avião e os passageiros desembarcaram. O

Aeroporto Kennedy era enorme e também se encontrava, como o de Tóquio, apinhado de passageiros.

Foram recebidos no aeroporto por Hiroshi Tamura, um executivo da Corporação Watanabe. Cumprimentaram-se com muita cerimônia, e Tamura disse:

— Espero que tenham feito uma boa viagem.

— Foi maravilhosa — respondeu Keiko.

— Já pegaram toda a bagagem?

— Ainda não — informou Mitsue. — Falta Neko, a nossa gata.

— Trouxeram sua gata?

Tamura parecia surpreso.

— Claro. Ela faz parte da família.

Mitsue foi pegar a caixa especial em que a gata viajou e Neko ronronou de alegria.

— Providenciei um hotel para vocês ficarem, até conseguirem um apartamento. A fábrica fica na zona oeste da cidade, num distrito industrial. Imagino que esteja ansioso por conhecê-la.

— É verdade — confirmou Takesh Yamada.

Uma limusine conduziu-os ao hotel, onde assinaram os registros e foram para uma confortável suíte, com três quartos. Mitsue escolheu o que parecia mais feminino. Kenji foi para outro, e o casal Yamada ocupou o quarto maior. Tamura disse a Takesh Yamada:

— Todos aguardávamos por sua chegada. O gerente que vai se aposentar é muito bom, mas está ficando velho. Precisamos de alguém novo, que traga mais energia para as funções.

— Farei o melhor possível — murmurou Takesh, modesto.

Tinha certeza de que realizaria um trabalho excepcional. Tamura acrescentou:

— Virei buscá-lo para irmos à fábrica pela manhã. Se sentirem fome, há um ótimo restaurante aqui no hotel.

Mas todos estavam entusiasmados demais para comer, ansiosos por explorar a cidade. Assim que Tamura se retirou, Kenji indagou:

— Podemos sair para dar uma volta?

— Iremos todos — respondeu o pai.

— Quero conhecer a Broadway — informou Keiko.

— E eu quero ver o Rockefeller Center — disse Mitsue.

— E eu quero ir ao Radio City Music Hall — arrematou Kenji.

— Conheceremos todos esses lugares — assegurou Takesh Yamada. — Passaremos um ano aqui. Não precisamos ver tudo em uma única noite.

Depois de desfazer as malas, a família desceu para o saguão e saiu para a rua.

— Não é muito diferente de Tóquio — observou Kenji. — Só que aqui todo mundo fala inglês.

Foram andando pela rua, olhando para todas as coisas.

— Acho que vou gostar da América — disse Mitsue. — Tenho certeza de que será uma estada emocionante.

Ela não tinha a menor ideia do quanto seria emocionante, ou de que ela e o irmão se envolveriam num assassinato.

Capítulo 2

Pela manhã, Hiroshi Tamura veio buscar Takesh Yamada.

— Podemos ir para a fábrica agora — disse ele.

— Estou pronto.

Takesh Yamada queria começar a trabalhar logo. O presidente da empresa lhe dera uma grande responsabilidade, e estava determinado a realizar um bom trabalho. Se tudo corresse bem, receberia outra promoção quando retornasse ao Japão. Ele se virou para a esposa.

— Enquanto estou na fábrica, por que não procura um apartamento para nos mudar?

O hotel era agradável, mas um tanto apertado. E seria desconfortável morar num hotel durante um ano. Precisavam encontrar um bom apartamento.

— Não sei onde procurar — confessou Keiko.

— Infelizmente, Nova York é uma cidade superpopulosa — explicou Tamura. — É difícil encontrar um bom apartamento e os poucos disponíveis são muito caros. Mas tenho uma sugestão. Dê uma olhada nos classificados dos jornais.

— Classificados?

— Isso mesmo. É onde anunciam os apartamentos para vender ou alugar. Pode começar por aí.

— Obrigada. Parece uma boa ideia.

Pode ser muito difícil encontrar apartamentos para alugar, pensou Keiko, *mas vou encontrar um lindo apartamento e meu marido e meus filhos vão se orgulhar de mim.* Depois que os dois homens foram embora, ela virou-se para Kenji e Mitsue:

— Gostariam de sair comigo para procurar um apartamento?

As crianças mostraram-se animadas, não tanto com a perspectiva de procurar um apartamento, mas pela oportunidade de conhecer mais um pouco da espantosa cidade onde iam viver.

— Eu gostaria muito — respondeu Kenji.

— E eu também — acrescentou Mitsue.

— Muito bem, então vamos. E amanhã vou procurar uma escola para vocês.

O que constituía outra aventura. Como seriam as escolas americanas em comparação com as japonesas em que haviam estudado? No Japão, as crianças se empenhavam ao máximo na escola, pois os melhores alunos é que mais tarde conseguem importantes empregos nas grandes empresas. Será que o mesmo acontecia nas escolas americanas? As crianças aqui estudavam com o mesmo afinco? Os dois se sentiam nervosos com a ideia de ingressar numa escola americana.

Já era quase meio-dia quando Keiko e as crianças ficaram prontas para sair.

— Estou com fome — disse Kenji. — Podemos comer alguma coisa?

— Claro — respondeu Keiko. — Vamos almoçar primeiro e depois procuraremos um lindo apartamento.

Deixaram o hotel, foram andando pela Terceira Avenida. Havia um tráfego intenso, e as ruas barulhentas encontravam-se apinhadas de pedestres, seguindo apressados em todas as direções. À exceção dos rostos das pessoas, Nova York não era muito diferente de Tóquio.

— Será que todas as grandes cidades do mundo são parecidas? — indagou Kenji.

— Não sei — respondeu Mitsue. — Não conheço outras cidades.

Passaram por uma loja de aparelhos eletrônicos e pararam para olhar a vitrine.

— Ei, olhem só! — exclamou Kenji. — Eles têm Sonys e Toshibas, e até Nikons!

Havia muitos outros produtos japoneses na vitrine. Ao atravessarem a rua, quase foram atropelados por um carro. Era um Toyota. Atrás vinham Nissans e Hondas.

— Eles também têm carros japoneses — comentou Mitsue.

Passaram por um bar de *sushi*.

— Ora, é como se estivéssemos em Tóquio!

Ao se aproximarem de um restaurante da cadeia Kentucky Fried Chicken, Mitsue disse:

— Kentucky Fried Chicken. Eles também têm isso aqui.

Keiko riu.

— Nem podia ser de outra forma. Foi aqui que começou.

Ao lado, havia um McDonald's.

— Os americanos têm até um McDonald's — ressaltou Kenji.

Decidiram entrar e almoçar hambúrgueres. A casa estava lotada, mas a comida tinha um sabor exatamente igual ao do McDonald's de Tóquio. De uma estranha maneira, isso deixou as crianças com saudade. Não havia lugar no mundo como Tóquio. Era lá que estavam seus amigos e professores. E todas as coisas que amavam.

É muito estranho que comer num McDonald's em Nova York me faça sentir saudade de Tóquio, pensou Kenji.

Depois do almoço, Keiko comprou um exemplar do *New York Times*. Procurou a seção de classificados. Como Tamura informara, havia muitos anúncios de apartamentos para alugar.

— São tantos que nem sei por onde começar — disse Keiko. — Há apartamentos no East Side e no West Side.

— Por que não começamos pelo West Side? — sugeriu Kenji.

— Muito bem, vamos para lá.

Como a família Yamada só passaria um ano nos Estados Unidos, haviam decidido não levar os móveis, e por isso precisavam de um apartamento mobiliado. Os anunciados no jornal pareciam maravilhosos.

— Vejam só este — disse Keiko. — Lindo apartamento mobiliado, três quartos, sala espaçosa, cozinha, mil dólares por mês. Parece perfeito para nós.

Keiko sentiu-se muito satisfeita por ter encontrado um excelente apartamento tão depressa.

Pegaram um táxi e deram o endereço ao motorista. Quando chegaram ao prédio, ficaram desapontados. O lugar era horrível, o prédio velho e em ruínas.

— Tenho certeza de que o interior é muito melhor — declarou Keiko, na maior animação.

Estava enganada. A sala espaçosa e os três quartos não passavam de cubículos, e os móveis eram velhos e feios.

— Este apartamento não serve — decidiu ela, e as crianças concordaram.

— Vamos ver os anúncios de novo — propôs Kenji.

Estudaram os classificados e Keiko finalmente anunciou:

— Este aqui parece muito bom. Vamos até lá.

Mas quando chegaram, descobriram que era um desastre. O apartamento era ainda pior do que o primeiro.

— É um lugar horrível — murmurou Keiko.

— Também acho.

Tornaram a procurar nos classificados.

— Este aqui parece muito bom.

Viram mais meia dúzia de apartamentos, e Keiko começou a compreender que tudo o que parecia atraente no anúncio na realidade não era tão maravilhoso assim.

— Seu pai não se sentiria feliz em nenhum desses apartamentos — comentou ela para as crianças. — Temos de continuar procurando.

Foram para o East Side e a mesma coisa aconteceu. Nenhum dos apartamentos parecia adequado, e um ou outro que satisfazia a família tinha um aluguel muito alto. Passaram a tarde inteira procurando, e às 5 horas ainda não haviam encontrado um lugar para morar.

— Takesh vai ficar muito desapontado. — Keiko suspirou. — Não sei mais o que fazer.

Só restava um apartamento para ver, mas Keiko tinha certeza de que não adiantava ir até lá. Afinal, o anúncio dizia: "Lindo apartamento mobiliado, três quartos, cozinha grande, copa, sala de jantar e terraço com vista espetacular. Aluguel, seiscentos dólares."

— Por que não vamos vê-lo? — perguntou Mitsue.

— Porque o anúncio não é verdadeiro. Vimos apartamentos de mil dólares por mês que só tinham dois quartos, sem sala de jantar e sem terraço. Este deve ser horrível.

— Por que não tentamos? — insistiu Kenji. — É a nossa última chance.

— Muito bem, vamos até lá — concordou a mãe.

O prédio ficava em Riverside Drive, um lugar aprazível e tranquilo.

— Tudo por aqui deve ser muito caro — comentou Kenji.

Chegaram ao prédio indicado no anúncio. Era o mais bonito de todos os que haviam visto até agora.

— Tenho certeza de que não encontraremos um apartamento de seiscentos dólares aqui — disse Keiko. — Mas já que viemos, vamos dar uma olhada.

Entraram no prédio. O saguão era agradável, recém-pintado, com flores naturais numa mesa. Um homem simpático saiu por uma porta com o letreiro "Zelador" e disse:

— Em que posso ajudá-los? Sou o zelador.

Keiko mostrou o anúncio no jornal.

— Diz aqui que há um apartamento para alugar.

O zelador acenou com a cabeça.

— Há, sim.

— Podemos vê-lo?

— Claro. Acompanhem-me, por favor.

O homem levou-os para o elevador e subiram até o último andar.

— Aqui estamos — disse ele. — Permitam que me apresente. Sou John Feeney.

— Somos a família Yamada — disse Keiko. — Sou a Sra. Yamada, este é meu filho, Kenji, e minha filha, Mitsue.

— Prazer em conhecê-los.

Feeney conduziu-os por um corredor até uma porta no final. Tirou uma chave do bolso e abriu-a.

— Aqui estamos.

Keiko e as crianças entraram no apartamento e olharam ao redor, espantadas.

— O apartamento é maravilhoso!

— Por favor, fiquem à vontade — declarou Feeney. — Podem examinar tudo.

A família Yamada circulou por todo o apartamento, numa incredulidade crescente. Havia três quartos, amplos e arejados, uma cozinha grande, uma atraente sala de jantar, copa, e — como o anúncio prometia — um terraço que dava para um parque. Superava suas melhores expectativas. Mas Keiko sabia que tinha de haver alguma armadilha. Custaria muito mais do que podiam pagar. Ela virou-se para Feeney e perguntou:

— Quanto custa?

— Como diz no anúncio, seiscentos dólares por mês.

Keiko não podia acreditar.

— Não dá para entender. Vimos outros apartamentos muito mais caros e bem inferiores a este. Por que é tão barato?

Feeney hesitou, como se procurasse as palavras certas:

— O proprietário passará um ano fora e fixou esse preço.

Keiko sentiu que ele não contara tudo. Havia mais alguma coisa que estava omitindo.

— Gostaria de alugá-lo, Sra. Yamada?

Ela sabia que seria uma tola se relutasse. Aquele devia ser o melhor negócio imobiliário em toda Nova York.

— Claro. Ficaremos com ele.

As crianças soltaram gritos de satisfação. Depois de todos os apartamentos pequenos e escuros que haviam visto durante o dia, não esperavam encontrar um lugar tão bom quanto aquele.

— Tomou uma sábia decisão — disse Feeney.
— O apartamento é seu.

Como meu marido vai se orgulhar de mim por ter arrumado um apartamento tão bom!, pensou Keiko.

— Trarei meu marido aqui esta noite e ele assinará o contrato.

— Não tem problema.

— Podemos dar mais uma olhada? — pediu Keiko.

— Claro. E não precisam se apressar.

Na segunda vez, o apartamento lhes pareceu ainda melhor. Keiko escolheu o quarto principal para ocupar com o marido. As crianças examinaram os outros quartos e Mitsue optou pelo que tinha uma linda cama, com um dossel de renda por cima.

— É bastante grande, e todas as minhas bonecas e bichos de pelúcia caberão aqui — disse ela.

Kenji também gostou de seu quarto.

— Tem uma vista do parque. — Ele olhou pela janela. — Estão jogando beisebol lá embaixo. Talvez eu possa entrar num dos times.

Voltaram para a entrada do apartamento, onde Feeney os esperava.

— Estaremos aqui às 9 horas da noite — prometeu Keiko.

— Espero que se sintam felizes no apartamento — murmurou Feeney.

Havia algo estranho no tom de sua voz. Se Keiko soubesse o que ele pensava naquele momento, teria fugido dali com os filhos.

Ao final da tarde, quando voltou da fábrica, Takesh Yamada tinha muitas novidades para contar.

— A fábrica é maravilhosa e farei com que se torne ainda melhor. Apresentei minhas ideias sobre expansão e todos ficaram entusiasmados. Creio que poderemos aumentar nosso faturamento em cinquenta por cento.

— Mas isso é sensacional! — Keiko sentiu o maior orgulho do marido. — As crianças e eu também temos novidades para você. Encontrei um lindo apartamento. Tenho certeza de que você vai adorar.

— Quanto custa? — perguntou Takesh Yamada.

— Seiscentos dólares por mês.

Takesh Yamada conhecia o suficiente de Nova York para saber que não havia lindos apartamentos de seiscentos dólares por mês disponíveis. Mas limitou-se a dizer:

— Darei uma olhada. Podemos ir até lá logo depois do jantar.

— Não podemos ir agora? — insistiu Keiko. — Receio que alguém o tire de nós, pois é uma oportunidade excepcional.

— Está bem — concordou Takesh. — Vamos agora.

Seguiram de táxi. Takesh ficou impressionado com a aparência do prédio, e mais ainda com o belo saguão. Não esperava grande coisa. Teve uma agradável surpresa quando Feeney abriu a porta e deixou-os entrar no apartamento. Takesh reagiu com o mesmo entusiasmo da esposa e dos filhos. Não podia acreditar que aquele excelente apartamento custasse apenas seiscentos dólares por mês.

— Ficaremos com ele — declarou Takesh, feliz, virando-se em seguida para a esposa: — Fez um excelente trabalho.

Keiko corou.

— Obrigada, Takesh.

Feeney já tinha preparado o contrato e só levou alguns minutos para que Takesh Yamada o examinasse e assinasse. Feeney entregou-lhe uma cópia do contrato.

— Aqui está. O apartamento é seu por um ano.

Naquela mesma noite, a família Yamada arrumou as malas e mudou-se do hotel para o apartamento. Levaram Neko em sua caixa especial. Mitsue abriu a caixa e tirou-a.

— Este é o seu novo lar, Neko. Gosta?

Para surpresa de todos, Neko recuou para um canto, grunhindo, o pelo todo eriçado.

— O que há com essa gata? — perguntou Takesh.

— Não sei — respondeu Mitsue, perplexa. — Ela nunca se comportou dessa maneira antes.

A família estava agitada demais para dormir logo, mas por volta das 11 horas da noite todos se encontravam num sono profundo. Takesh e Keiko dormiam em sua cama de casal. Takesh sonhava com a fábrica e Keiko com o novo apartamento. Kenji dormia em seu quarto e Mitsue em sua linda cama com um dossel de renda. Reinava o silêncio no apartamento.

À badalada da meia-noite, um grito aterrador ressoou pelo apartamento. Takesh Yamada sentou na cama e disse a Keiko:

— As crianças! Aconteceu alguma coisa com as crianças!

O primeiro pensamento de Mitsue foi o de que ocorrera alguma coisa com os pais. Kenji, ao acordar com o grito, pensou que o problema era com Mitsue. Todos correram para a sala e se entreolharam, aturdidos.

— Vocês estão bem? — perguntou o pai às crianças.

— Estou, sim — respondeu Kenji.

— E eu também — acrescentou Mitsue.

O pai ficou ainda mais perplexo.

— Então quem gritou?

Todos sacudiram a cabeça. Nenhum deles gritara.

Foi nesse instante que ouviram um sibilar intenso e todos se viraram para olhar. Neko se encolhia num canto, os olhos cheios de terror.

Capítulo 3

Na manhã seguinte, no café da manhã, conversaram sobre o grito misterioso que haviam ouvido durante a noite.

— É provável que tenha vindo de outro apartamento — sugeriu Takesh Yamada.

No entanto, a explicação não lhe parecia razoável porque as paredes do apartamento davam a impressão de ser bem grossas, e o grito soara muito perto.

— Talvez alguém tenha ligado a televisão alto demais — sugeriu Kenji.

— Deve ter sido isso — concordou Keiko.

Fora uma estranha experiência, mas sem dúvida não podia ser um motivo de preocupação.

— Se acontecer de novo, falarei com o Sr. Feeney. — Takesh Yamada virou-se para Kenji e Mitsue. — Quando as crianças entrarão na escola?

— O Sr. Feeney me disse que há uma escola a dois quarteirões daqui — informou Keiko. — E garantiu que é uma ótima escola. Levarei as crianças até lá esta manhã.

— Boa ideia. Não quero que as crianças se atrasem nos estudos.

— Vamos estudar bastante, papai — prometeu Kenji.

Takesh levantou-se.

— Bom, está na hora de sair para o trabalho. Há muito o que fazer.

Assim que o pai se retirou, Keiko disse aos filhos:

— Vamos conhecer a nova escola?

— Claro, mamãe.

Os dois tentaram disfarçar o nervosismo. Haviam estudado um pouco de inglês na escola em Tóquio, mas havia muita coisa na língua que ignoravam.

— Não queremos parecer ignorantes — explicou Kenji.

— Não se preocupem. — A mãe riu. — São muito inteligentes e vão aprender depressa.

E foram para a escola.

Era diferente do que esperavam, um prédio grande, bonito, limpo, com um enorme pátio.

— Aposto que jogam bola aqui — comentou Kenji.

— Não vai à escola para jogar bola — repreendeu a mãe. — Você e Mitsue estão aqui para aprender.

Entraram no gabinete da diretora, a Sra. Marcus, muito simpática.

— Em que posso ajudá-los?

— Sou a Sra. Yamada e estes são meus filhos, Kenji e Mitsue. Acabamos de chegar do Japão. Passaremos um ano em Nova York e queremos pôr as crianças na escola. E me disseram que esta é excelente.

A Sra. Marcus sorriu.

— Espero que assim seja. — Ela olhou para as crianças. — Falam inglês bem?

Foi Kenji quem respondeu:

— Estudamos um pouco no Japão, mas nosso vocabulário é bastante limitado.

A Sra. Marcus balançou a cabeça.

— Tenho certeza de que nenhum dos dois terá maiores problemas. Como não são fluentes em inglês, terão de começar uma série abaixo da que cursavam no Japão, mas estou certa de que vão se recuperar num instante.

— Estudaremos muito — prometeu Kenji.

Ele queria falar inglês tão bem quanto os colegas. A Sra. Marcus virou-se para Keiko:

— Pode deixar as crianças comigo e providenciarei para que sejam matriculadas nas séries apropriadas.

— Obrigada.

Depois de fornecer à Sra. Marcus todas as informações necessárias sobre as crianças, Keiko se retirou e Kenji e Mitsue ficaram a sós com a diretora. A Sra. Marcus disse, gentilmente:

— Sei que se sentem nervosos por começar a estudar numa nova escola, em outro país, mas posso garantir que vão superar o nervosismo bem depressa. Temos uma ótima escola, os alunos são muito bons. Assim que o inglês de vocês melhorar, passarão para uma série mais adiantada. — Ela olhou para Kenji: — Espere um pouco aqui, enquanto levo Mitsue à sua sala. Voltarei para buscá-lo.

— Está bem.

A Sra. Marcus virou-se para Mitsue:

— Venha comigo.

— Pois não, madame.

Enquanto andavam pelo corredor, a Sra. Marcus explicou:

— Na América, temos uma sala principal para cada turma. A primeira aula da manhã será sempre ali. Depois, em algumas matérias, terá aulas em salas diferentes.

— Quer dizer que terei muitos professores? — perguntou Mitsue.

— Quatro ou cinco, mas se tiver alguma dificuldade, será a professora principal que irá ajudá-la.

Entraram numa sala cheia de crianças. Para surpresa de Mitsue, ninguém usava uniforme. Os meninos usavam jeans, e as meninas vestiam saia e suéter, ou calça comprida e blusa.

No Japão, pensou Mitsue, *todos os estudantes usam uniforme.*

Uma professora de cabelos grisalhos, rosto simpático, estava de pé diante do quadro-negro. Parou de falar quando a Sra. Marcus e Mitsue apareceram.

— Peço desculpas por interromper a aula — disse a Sra. Marcus —, mas queria apresentar sua nova aluna. Esta é Mitsue Yamada. Mitsue, esta é a Sra. Kellogg.

— Seja bem-vinda, Mitsue — disse a Sra. Kellogg. — Há quanto tempo está nos Estados Unidos?

— Dois dias — respondeu Mitsue, tímida.

— Neste caso, tudo ainda deve parecer muito estranho.

Mitsue pensou nos aparelhos de televisão japoneses, carros japoneses e McDonald's, mas tudo o que disse foi:

— É, sim, madame.

— Muito em breve estará se sentindo à vontade. — A professora indicou uma carteira vazia. — Aquele será seu lugar, daqui por diante.

Os colegas de Mitsue a observavam com a maior curiosidade. Mas pareciam cordiais, e Mitsue sentiu de repente que tudo correria bem.

Ao voltar à sua sala, a Sra. Marcus disse a Kenji:

— Já resolvi o problema de Mitsue, e agora vamos cuidar de você.

Ela levou Kenji à sua sala principal. Kenji também se surpreendeu ao constatar que os alunos não usavam uniforme. Ficou então imaginando se tudo ali seria diferente. O Sr. Leff era o professor principal da turma de Kenji. Depois que foram apresentados, o Sr. Leff disse:

— Não se sinta frustrado se não compreender tudo a princípio, e não tenha medo de fazer perguntas.

Kenji fez sua primeira pergunta:

— O que significa frustrado?

O Sr. Leff sorriu.

— Frustrado é quando você se sente infeliz porque quer que as coisas aconteçam mais depressa.

— Neste caso, estou frustrado. Gostaria de falar um inglês perfeito agora.

O Sr. Leff riu.

— É uma boa atitude.

— O que é atitude?

— Atitude é a maneira como você age em relação às coisas. Posso perceber que vai fazer muitas perguntas, Kenji. O que é um excelente presságio.

— O que é presságio?

— Presságio é um sinal do que vai acontecer no futuro.

— Já entendi.

Na aula de Mitsue, estavam aprendendo os dias da semana em inglês.

— Muito bem. *Sunday* (domingo) é o dia de descanso. O que vem depois de *Sunday*?

— *Monday* (segunda-feira).

— E depois de *Monday*?

— *Tuesday* (terça-feira).

— E o dia seguinte?

— *Wednesday* (quarta-feira).

— E depois disso?

— *Thursday* (quinta-feira).

— Ótimo. Qual é o dia depois de *Thursday*?

— *Friday* (sexta-feira).

— E depois?

— *Saturday* (sábado).

Uma pausa, e a turma gritou em coro:

— *Sunday!*

— Portanto, são esses os dias da semana em inglês: *Sunday*, *Monday*, *Tuesday*, *Wednesday*, *Thursday*, *Friday* e *Saturday*.

Ao meio-dia, as crianças se reuniram no refeitório da escola para almoçar. Mitsue anunciou para o irmão, orgulhosa:

— Já aprendi os dias da semana em inglês.

— Isso não é nada — gabou-se Kenji. — Eu aprendi os meses do ano.

Mitsue ficou impressionada.

— É mesmo?

— Verdade. *January* (janeiro), *February* (fevereiro), *March* (março)... — Kenji hesitou, sem ter muita certeza, mas logo se lembrou.

— ... *April* (abril), *May* (maio), *June* (junho), *July* (julho)...

Ele hesitou de novo. *O que vinha depois de julho?*

— *August* (agosto), *September* (setembro), *October* (outubro), *November* (novembro), *December* (dezembro). Está vendo? — arrematou Kenji, triunfante. — São os doze meses do ano em inglês!

— Você é muito inteligente — murmurou a irmã.

— O inglês é fácil — gabou-se Kenji. — Qualquer um pode falar.

Uma coisa que surpreendeu os dois foi a maneira estranha dos americanos comerem. Notaram isso no refeitório da escola. Ninguém comia com pauzinhos. Em vez disso, usavam utensílios de aparência estranha.

Mitsue sentiu-se envergonhada em perguntar o que eram, mas Kenji virou-se para um colega sentado ao lado e levantou um garfo.

— Como chamam isto?

— É um garfo, Kenji. — O colega suspendeu uma faca. — Isto é uma faca. Você usa para cortar a carne. — Ele suspendeu uma colher. — E isto é uma colher. Usa-se para a sopa ou sorvete.

— Obrigado.

Que estranhos hábitos tinham aqueles americanos! Kenji e Mitsue não queriam parecer diferentes; por isso, observaram a maneira como as outras crianças comiam e logo foram capazes de imitá-las.

Naquela tarde, Mitsue aprendeu os nomes de diferentes cores. A Sra. Kellogg mostrou à turma listras de papel coloridas.

— Isto é *blue* (azul)... *red* (vermelho)... *white* (branco)... *black* (preto)... *purple* (púrpura)...

Foi fácil. Ao final do dia, Mitsue já aprendera os nomes de todas as cores em inglês.

Ao correr os olhos por sua turma, Kenji ficou surpreso com uma coisa. Em sua escola no Japão, todas as crianças eram japonesas. Naquela escola, porém, havia crianças de muitas nacionalidades. Havia um menino negro sentado atrás dele e uma mexicana ao lado. Havia portoriquenhos, cubanos e chineses. Quando as aulas terminaram, Kenji foi falar com o Sr. Leff.

— Com licença — disse Kenji —, mas de que país é o menino negro na turma?

— Ele é daqui, Kenji. É americano.

— Ahn... E a menina mexicana sentada ao meu lado, o que ela é?

— Também é americana. Todas as crianças na turma são americanas. As pessoas vêm para cá de muitos países, Kenji, em busca de liberdade. Procuravam um lugar onde pudessem viver como quisessem e praticar a religião que desejassem. A América é uma fusão de muitas raças e religiões, e todos são bem-vindos aqui. Todos são americanos.

Foi uma lição interessante para Kenji. Ao chegar em casa, conversou a respeito com a mãe.

— A América parece ser muitos países reunidos num só — comentou ele. — Não há apenas uns poucos estrangeiros aqui, mas *todos* parecem ser estrangeiros.

— É muito interessante — disse Keiko.

— Meu professor disse que a América é uma fusão de muitas raças e religiões. Quando vi todos aqueles produtos japoneses aqui, pensei que seria como viver em Tóquio. Mas é muito diferente.

— Gostou do seu professor?

— O Sr. Leff? Ele me deixa fazer perguntas.

Keiko riu. Conhecia o filho.

— Provavelmente vai levá-lo à loucura com suas perguntas.

Kenji acenou com a cabeça.

— Vou tentar. Essa é a única maneira de aprender.

Mitsue tinha um problema para discutir com a mãe.

— Mãe, quer me comprar um jeans? E posso usar batom para ir à escola?

Keiko ficou horrorizada.

— O *quê?*

— Todas as garotas da escola usam jeans. — Mitsue logo se corrigiu: — Isto é, algumas. Também usam batom, e...

Keiko foi firme:

— Não importa o que as outras crianças estejam fazendo. Você vai se vestir direito e não usará batom.

— Ora, mãe, estamos na América...

— E você é Mitsue Yamada, fará o que eu mandar. — Keiko viu o desapontamento de Mitsue e acrescentou: — Quando ficar um pouco mais velha, poderá usar batom.

Mitsue teve de se contentar com isso.

Takesh Yamada era um homem muito feliz. O progresso na fábrica de componentes eletrônicos era ainda mais rápido do que ele previa. Takesh começou como aprendiz ainda quando menino e se tornou muito competente no que fazia. Dava-se bem com as pessoas, logo foi promovido a chefe de seção e poucos anos mais tarde passou a executivo da empresa. Possuía uma extrema habilidade para resolver problemas e foi por isso que o enviaram para assumir o comando da fábrica na América.

Quando chegou à fábrica, na primeira manhã, Tamura perguntou:

— Planeja fazer muitas mudanças aqui?

— Terei de examinar a situação primeiro — respondeu Takesh.

— Algumas pessoas têm medo de ser despedidas.

— Não vim aqui para despedir ninguém. Há muitas maneiras de melhorar a produção. Vou avaliar os problemas com todo o cuidado e depois vou decidir o que deve ser feito.

De um modo geral, Takesh Yamada estava satisfeito com a maneira como a fábrica era dirigida. Mas logo percebeu coisas que podiam ser melhoradas, e pouco a pouco foi efetuando mudanças. Alguns operários eram lerdos ou negligentes, e esses ele despediu. Mas outros, que demonstravam grande eficiência em suas funções, foram promovidos ou receberam aumentos. Todos na fábrica ficaram bastante impressionados com o Sr. Yamada.

Em casa, ele confessou a Keiko:

— Pensei que seria difícil viver na América, mas é muito fácil. Devo dizer que tudo parece um sonho feliz.

Takesh Yamada não podia imaginar, ao dizer isso, que o sonho estava prestes a se transformar num pesadelo.

Aconteceu na sexta-feira seguinte, à meia-noite. A família tinha ido jantar num restaurante japonês. Era bom saborear a comida familiar que tanto apreciavam. *Sushi*, camarão no *tempura* e *sukiyaki*. Conversaram em japonês com o dono do restaurante e foi um jantar muito descontraído.

Em casa, era mais fácil para todos falarem em japonês, em vez de inglês, mas o pai insistia:

— A única maneira apropriada de aprender inglês é falando. Portanto, devemos conversar em inglês.

Terminado o jantar japonês, a família Yamada deu um passeio pela Quinta Avenida, contemplando as vitrines de todas as lojas de departamentos. Passaram pela Saks da Quinta Avenida, a Bergdorf Goodman, a Tiffany's, e várias outras lojas fascinantes.

— As lojas de departamentos em Tóquio são maiores — comentou Keiko.

Ela tinha razão. No Japão, as lojas de departamentos eram imensas. Em algumas, era possível comprar um barco ou um carro, fazer um seguro de vida ou providenciar um funeral, pois prestavam todos os tipos de serviços. As lojas de departamentos em Nova York eram mais restritas.

Quando as crianças começaram a se mostrar cansadas, Takesh fez sinal para um táxi e voltaram ao apartamento.

O dia tinha sido longo e extenuante, e logo a família adormeceu. Reinava pleno silêncio no apartamento.

À meia-noite, Mitsue acordou com um gemido baixo. Abriu os olhos pensando que estava sonhando. Mas tornou a ouvir o gemido. Sentou na cama, o coração disparado. Havia alguém em seu quarto!

— Quem está aí? — gritou Mitsue.

Não houve resposta.

— Quem está aí?

E foi então que ela viu. A figura de uma moça, vestida de branco, aproximando-se da cama. Havia sangue na roupa.

— Ajude-me! — balbuciou a estranha. — Ajude-me!

Depois ela desapareceu em pleno ar.

Capítulo 4

Mitsue não conseguiu voltar a dormir. Passou o resto da noite encolhida na cama, apavorada. Nunca tinha visto um fantasma antes. Mas seria mesmo um fantasma ou apenas um sonho? *Não*, pensou ela. *Foi real demais para ter sido um sonho.*

As palavras do fantasma ainda ressoavam em seus ouvidos. "Ajude-me! Ajude-me!" O que isso significava? Concentrando toda a sua coragem, Mitsue levantou-se, empurrou uma cadeira contra a porta e voltou correndo para a cama. *Isso vai impedir a entrada do fantasma*, pensou ela.

Ao café da manhã do dia seguinte, Takesh Yamada perguntou às crianças como haviam dormido.

— Não acordei uma única vez durante a noite — gabou-se Kenji. — Aquela cama é ótima!

Mitsue manteve um estranho silêncio, e o pai achou que ela estava muito pálida.

— Não dormiu bem, Mitsue?

— Eu... eu... — Ela não sabia direito o que dizer. Provavelmente iriam rir dela, mas tinha de contar a verdade. — Havia uma garota no meu quarto.

O pai sorriu.

— Eu já sabia.

— Não estou me referindo a mim mesma — protestou Mitsue. — Vi um fantasma.

O pai franziu o rosto.

— Não diga bobagem. Fantasmas não existem.

Kenji interveio:

— Claro que não. Isso não passa de uma superstição antiga. O que você pensa que viu?

— Fui acordada por um gemido e a princípio pensei que estava sonhando. Ouvi de novo, sentei na cama, abri os olhos e lá estava... uma garota parada junto da porta, só que eu podia ver através dela. Vestia-se toda de branco e havia sangue na frente da roupa.

— Teve um pesadelo — disse o pai.

— Pareceu muito real.

— Ela disse alguma coisa? — indagou Keiko.

— Disse, sim — respondeu Mitsue. — Disse: "Ajude-me! Ajude-me!"

Takesh Yamada começou a ficar impaciente.

— Já chega dessa conversa tola. Não quero ouvir mais nenhuma palavra a respeito. Não existem fantasmas.

— Nunca existiram — concordou Keiko.

Mas mesmo enquanto falava ela se lembrou de ter achado estranho aquele lindo apartamento ser alugado tão barato.

E sentiu um calafrio.

Kenji e Mitsue tinham várias matérias na escola. Estudavam inglês e história, matemática e geografia. A matéria predileta de Kenji era inglês. Estava determinado a aprender o máximo que pudesse, o mais depressa possível, para não se sentir envergonhado ao conversar com os colegas. O professor de inglês disse:

— Hoje vamos estudar o que chamamos em inglês de *nouns*. Alguém sabe o que é *noun*?

Kenji levantou a mão, orgulhoso.

— Eu sei. *Noun* é uma mulher que vive num convento.

O professor tentou não sorrir.

— Isso é uma freira, Kenji, que é *nun* em inglês. *Noun*, substantivo, é uma palavra que dá nome a um objeto. — Ele levantou uma régua. — Régua é um substantivo. — Ele tocou na mesa. — Mesa é um substantivo. Todos os objetos são nomeados por substantivos.

O professor tornou a se virar para Kenji.

— Pode me dar mais alguns substantivos?

Kenji levantou-se, pensou por um instante.

— Uma bola de beisebol.

— Correto.

— *Sukiyaki*.

— Correto.

— Gato.

— Excelente. Pode sentar — o professor correu os olhos pelo resto da turma. — Vocês pegaram a ideia?

Todos acenaram com a cabeça. Ele chamou outro aluno.

— Muito bem, diga-nos mais alguns substantivos.

Ao terminarem com os substantivos, o professor disse:

— Agora, vamos falar sobre os verbos. Alguém sabe o que é um verbo?

Ninguém se manifestou. O professor olhou para Kenji, que sacudiu a cabeça.

— Muito bem. Um verbo é uma palavra que indica ação. Por exemplo, *correr* é um verbo. *Andar* é um verbo. *Mexer* é um verbo. — Ele apontou para um dos alunos. — Quer nos dar alguns exemplos de outros verbos?

O aluno levantou-se.

— Lutar.

— Muito bem.
— Comer.
— Ótimo.
— Escrever.
— Correto. Pode sentar. — O professor virou-se para a turma. — Assim, qualquer palavra que indique uma atividade é um verbo. Portanto, sabemos agora que substantivos são palavras que descrevem objetos e verbos são palavras que fazem os objetos ter uma atividade. — Ele olhou para Kenji. — Pode juntar um substantivo e um verbo numa frase?

Kenji levantou-se.

— Sim, senhor. A *bola voou* pelo ar.
— Muito bem, Kenji. Há um terceiro tipo de palavra muito importante, uma palavra que qualifica as coisas. Por exemplo, podemos dizer, eu vi um pôr do sol. Mas isso não nos diz que tipo de pôr do sol era. Um pôr do sol bonito? Um pôr do sol escuro? Não sabemos. Podemos dizer, eu vi um homem. Mas isso não nos diz qualquer coisa sobre o homem, não é mesmo? Era um homem alto, um homem baixo, um velho, um jovem? Portanto, essa frase precisa de ajuda e a palavra que a ajuda é um adjetivo. Um adjetivo é usado para caracterizar um objeto. *Alto* é um adjetivo, assim como *baixo*, *velho* e *jovem*. Todas essas palavras qualificam o homem. Entendido?

Kenji entendeu muito bem e levantou a mão:
— Quer nos dar um exemplo, Kenji?
Kenji levantou-se.
— Sim, senhor. A *bola branca voou* pelo ar *frio*.
— Muito bem, Kenji. Você gosta de jogar bola, não é mesmo, Kenji?
— Sim, senhor. Adoro beisebol.
— Agora, já conhecemos os adjetivos. Amanhã vamos estudar os gêneros.

Ao meio-dia, quando Kenji e Mitsue se encontraram no refeitório da escola para almoçar, tinham muito o que conversar.
— Meus colegas são ótimos — disse Mitsue. — Fui convidada a jantar na casa de Frances. Será que papai vai deixar?
— Acho que sim.
— É o que espero. Como você está indo na escola?
— Muito bem — respondeu Kenji. — Falamos muito sobre beisebol.

Era manhã de sábado, e Takesh Yamada não precisava ir à fábrica.

— Temos o dia inteiro para fazer o que quisermos — disse Takesh.

— Podemos andar na barca de Manhattan? — perguntou Keiko.

— Quero ver a Estátua da Liberdade — acrescentou Mitsue.

— Podemos ir ao Rockefeller Center? — pediu Kenji.

Takesh Yamada sorriu.

— Podemos fazer todas essas coisas. Hoje visitaremos a Estátua da Liberdade e depois o Rockefeller Center. E como amanhã é domingo, faremos um passeio na barca de Manhattan.

— Levarei minha câmera — disse Kenji.

Tinha uma Nikon novinha, da qual muito se orgulhava. Demoraram só alguns minutos para se aprontar. Mitsue pegou sua gata e disse:

— Desculpe, Neko, mas não podemos levá-la. Fique aqui e vigie o apartamento para nós.

Neko ronronou. Desceram no elevador e encontraram John Feeney no saguão. Ele sorriu.

— Vão passear, conhecer a cidade?

— Isso mesmo — respondeu Takesh.

— Divirtam-se.

— Obrigado.

Na rua, Keiko comentou:

— Gosto do Sr. Feeney. Temos sorte de contar com um zelador tão simpático.

A primeira parada foi na ilha de Bedloe, onde a Estátua da Liberdade projetava-se para o céu, orgulhosa. Já haviam visto fotos da enorme estátua antes, mas nada poderia prepará-los para o seu esplendor. A Dama da Liberdade era muito alta e a mão erguida segurava uma tocha flamejante.

— É a tocha da liberdade — disse Takesh Yamada.

— Quero tirar uma foto — pediu Kenji.

Ele pediu que a família posasse na frente da estátua e começou a tirar fotos.

— Agora vou tirar de você — disse Mitsue.

Kenji foi para junto da mãe e do pai, enquanto a irmã tirava uma foto dos três. Kenji notou uma fila de pessoas entrando na estátua e perguntou:

— Podemos entrar?

— Claro.

Entraram na estátua e experimentaram uma estranha sensação. Os degraus de concreto eram íngremes, e a subida muito longa. Ao chegar lá em cima, estavam sem fôlego. Mas valeu a pena. Toda a ilha de Manhattan parecia se estender diante deles.

— Posso ver dois rios daqui! — exclamou Kenji.

— Há mesmo dois rios — confirmou o pai. — Aquele é o East River, e o outro, a oeste, é o Hudson.

— Aposto que navios partem daqui para todos os lugares do mundo — sugeriu Mitsue.

— É verdade — disse Takesh.

Kenji recordou os nomes dos lugares que viram no aeroporto. Índia, Alasca, Moscou.

— Algum dia quero conhecer todos os lugares do mundo.

— Provavelmente poderá fazê-lo quando ficar mais velho — disse o pai. — É bom obter agora toda a instrução que puder, a fim de estar preparado para o mundo.

— Mas o mundo algum dia estará preparado para Kenji? — zombou Mitsue.

— Por que não pergunta a seu fantasma? — disse Kenji, ríspido.

— Já chega, crianças — interveio Keiko. — Nada de brigas.

— Acho que posso ver nosso apartamento daqui — disse Mitsue.

Takesh Yamada riu.

— Se pode, filha, é porque tem olhos muito bons.

Passaram uma hora ali admirando a imensa cidade. Takesh Yamada finalmente disse:

— Temos muitos outros lugares para conhecer. Devemos ir embora.

A descida foi muito mais fácil. Pegaram uma pequena barca para voltar à ilha de Manhattan. Takesh comprou um guia turístico e folheou-o.

— Greenwich Village não fica muito longe daqui — comentou ele.

— O que é Greenwich Village? — perguntou Mitsue.

— É um bairro onde artistas moram e trabalham. Há muitos pintores ali e poetas também.

— Vamos dar uma olhada — propôs Keiko.

Pegaram um táxi para Greenwich Village e caminharam pelas ruas ao chegarem. Era um lugar encantador, com lojas pitorescas, inúmeras galerias de arte. Pararam num café para almoçar. Takesh tornou a consultar o guia turístico.

— Wall Street não fica muito longe daqui.

— O que é Wall Street? — indagou Mitsue.

Foi Kenji quem respondeu:

— Wall Street é o lugar onde fica o mercado de ações da América. Todos os grandes negócios na América são feitos ali.

— Não todos os grandes negócios — corrigiu o pai. — Mas grande parte.

— Podemos ir até lá? — pediu Kenji.

— Claro.

Wall Street foi uma decepção. Parecia com qualquer outra rua com enormes prédios de escritórios e bancos.

— Não há muito para se ver, não é mesmo? — murmurou Kenji.

— Se vier aqui num dia de semana, quando a Bolsa de Valores estiver aberta, acho que terá muito para ver. — Takesh Yamada olhou para o relógio. — Se quisermos ir ao Rockefeller Center, é melhor partir logo.

Pegaram um táxi para o Rockefeller Center. Era uma área imensa, com restaurantes e lojas espetaculares. Desta vez, as crianças não se desapontaram. Para seu espanto, viram um rinque de patinação no gelo, cheio de gente patinando.

— Podemos patinar? — indagou Kenji, ansioso.

O pai franziu o rosto.

— Não sei...

— Por favor — insistiu Kenji.

— Deixe eles patinarem — disse a mãe. — Podemos tomar um chá no terraço aqui e observá-los.

— Está bem. — O pai virou-se para Kenji e Mitsue: — Podem ir.

As crianças alugaram patins e poucos minutos depois patinavam pelo gelo, divertindo-se muito. Kenji patinava muito bem, mas Mitsue era um pouco desajeitada.

O casal sentou no terraço, observando-os, com o maior orgulho. Takesh Yamada comentou:

— São crianças maravilhosas.

Depois que as crianças cansaram de patinar, a família circulou pelo Rockefeller Center, olhando as várias lojas. Entraram num saguão onde uma placa dizia: "Estúdios da NBC Broadcasting".

— É aqui que fazem os programas de televisão — disse Kenji. — Podemos entrar num dos estúdios para assistir?

— Verei se é permitido.

Takesh Yamada aproximou-se de um guarda uniformizado, por trás de uma mesa.

— Com licença, senhor. Permitem a entrada de visitas nos estúdios da televisão?

O guarda acenou com a cabeça.

— Claro. E um dos nossos programas de perguntas vai começar dentro de poucos minutos. Não gostariam de entrar?

Takesh Yamada olhou para a esposa e os filhos e sorriu.

— Gostaríamos muito.

O guarda entregou um tíquete a cada um, e dez minutos depois os quatro estavam sentados num auditório grande, para duzentas pessoas, com um palco na frente, cheio de câmeras e microfones. O auditório encontrava-se lotado. Um homem apareceu no palco e disse:

— Boa tarde, senhoras e senhores. Sejam bem-vindos a *Você sabe a resposta?*. Vamos entrar no ar dentro de poucos minutos. Qualquer um de vocês pode participar do programa.

— Ouviram isso? — murmurou Kenji, animado. — O que temos de fazer para participar do programa?

Como se tivesse lido seus pensamentos, o apresentador acrescentou:

— Vou jogar bolas de pingue-pongue para a plateia, e quem pegar uma pode trazê-la até aqui. Cada participante terá uma chance de ganhar cem dólares.

— Não seria emocionante se eu aparecesse na televisão? — indagou Kenji.

Keiko balançou a cabeça.

— Você é um sonhador.

— Vamos começar! — gritou o apresentador.

Ele começou a jogar bolas de pingue-pongue para a plateia. As pessoas levantaram-se, faziam de tudo para pegá-las. As bolas foram arremessadas para lados diversos do auditório, mas nenhuma na direção da família Yamada.

— Aqui vai a última bola! — avisou o apresentador.

E ele a lançou direto para Kenji, que a apanhou e se pôs a gritar:

— Peguei! Peguei!

O apresentador pediu:

— Todos aqueles que têm uma bola de pingue-pongue podem fazer o favor de subir ao palco?

Kenji virou-se para o pai.

— Posso ir?

— Claro, filho. E boa sorte.

— Vou ganhar cem dólares — prometeu Kenji.

Ele seguiu apressado para o palco, com os outros participantes. Era uma estranha sensação saber que estava aparecendo na televisão. Nada assim jamais tinha lhe acontecido antes. *Talvez fiquem tão impressionados com minhas respostas que irão me promover a astro da televisão*, pensou Kenji.

— Aqui estão as regras para os participantes — disse o apresentador. — Farei uma pergunta a cada um e a pessoa terá sessenta segundos para responder. Se a resposta for correta, ganhará cem dólares. Estão prontos?

— Estamos — responderam todos.

O apresentador virou-se para uma mulher.

— Vamos tocar uma canção. Você tem de dizer o nome.

Os acordes de *White Christmas* ressoaram pelo auditório.

— *White Christmas* — disse ela.

— Absolutamente certo!

A plateia aplaudiu. O apresentador entregou-lhe o dinheiro.

Eu sabia a resposta, pensou Kenji. *Por que ele não me fez essa pergunta?*

O concorrente seguinte era um homem idoso, a quem o apresentador perguntou:

— Qual foi o último estado americano a ingressar na União?

Alasca, pensou Kenji.

E um momento depois o homem respondeu:

— Alasca.

— Absolutamente certo! Aqui estão seus cem dólares.

Vai ser muito fácil, pensou Kenji. Era a sua vez.

— De onde você é? — indagou o apresentador.

— De Tóquio — respondeu Kenji. — Meu pai, minha mãe e minha irmã estão na plateia.

O apresentador sorriu.

— Isso é ótimo. Está pronto para a pergunta?

— Sim, senhor.

O coração de Kenji batia forte. Tinha certeza de que ia ganhar os cem dólares.

— Pode dar os nomes dos três navios com que Colombo partiu para a América?

Colombo, pensou Kenji. *Foi o homem que disse que o mundo era redondo, em vez de plano, e descobriu a América. Sei a resposta.* Ele virou-se para o apresentador.

— *Niña*.

— Certo!

— *Pinta*.

— Certo!

E, subitamente, a mente de Kenji ficou em branco. *Qual era mesmo o nome do terceiro navio?*

— Seu tempo está se esgotando — disse o apresentador. — Receio...

Foi nesse instante que Kenji ouviu a irmã dizer, da plateia, num sussurro alto:

— O *Mayflower*!

— O *Mayflower* — declarou Kenji.

— Lamento, filho. Era o *Santa Maria*.

E Kenji sentiu um aperto no coração. Acabava de perder cem dólares, e tudo por causa da irmã!

Mais tarde, quando saíram para a rua, Mitsue se desculpou.

— Sinto muito — disse ela. — Acho que fiquei entusiasmada demais.

Takesh Yamada riu.

— Não se sinta tão infeliz, Kenji. Quando voltar para casa, poderá contar a seus amigos que apareceu na televisão americana.

A caminho do apartamento, Keiko anunciou:

— Quero fazer algumas compras. Na América, parece que todos os alimentos são congelados. Gostaria de comprar carne e legumes frescos todos os dias. Vocês podem ir na frente, crianças, eu e seu pai chegaremos logo depois.

— Está bem — respondeu Kenji.

Os pais deixaram as crianças na frente do prédio. Kenji e Mitsue entraram no saguão. John Feeney estava ali.

— Boa noite — disse ele, muito amável. — Tiveram um dia agradável?

— Foi maravilhoso — disse Kenji. — Apareci num programa de perguntas da televisão.

— Lamento não ter assistido — comentou Feeney.

— Não perdeu grande coisa. — Kenji suspirou. — Eu perdi.

Feeney sorriu.

— Espero que tenha mais sorte na próxima vez.

Kenji gostava de John Feeney. Era um homem simpático e cordial. Parecia estar sempre sorrindo. Enquanto subiam no elevador, Mitsue repetiu:

— Sinto muito, Kenji.

— Não foi culpa sua, irmãzinha. Eu deveria me lembrar dos nomes dos três navios.

O elevador parou, eles saltaram, foram andando pelo corredor, na direção da porta do apartamento. Kenji pegou a chave, abriu a porta. As duas crianças entraram e pararam no mesmo instante, espantadas. O apartamento dava a impressão de ter sido atingido por um ciclone. As gavetas estavam abertas, mesas viradas, as roupas do quarto espalhadas pela sala. Kenji balbuciou:

— Ladrões!

Mas Mitsue balançou a cabeça.

— Não — murmurou ela. — Nosso fantasma voltou.

Capítulo 5

Correndo os olhos pelo apartamento em desordem, Mitsue disse:

— Parece que não falta nada. Não pode ter sido um ladrão.

— Também não pode ter sido um fantasma — protestou Kenji, desdenhoso.

Mitsue virou-se para o irmão.

— Como assim?

— O que estou querendo dizer, minha cara irmã, é que fantasmas não existem.

— Kenji, já disse que vi um fantasma.

— Você *pensou* ter visto. Ouviu o que papai disse. Teve um pesadelo.

Ela sacudiu a cabeça.

— Não. Foi bastante real. Ela falou comigo.

— Acredite em mim, Mitsue. Está sendo tola.

Ela fitou-o em silêncio por um momento.

— Muito bem, provarei a você que estou certa.

— E como pretende fazer isso?

— Ela apareceu em meu quarto à meia-noite. Por que não vai ao meu quarto esta noite? Poderá vê-la pessoalmente.

— Não, Mitsue. De que adianta...?

— Não quer ir? Provarei a você, de uma vez por todas. Talvez então pare de rir de mim.

Kenji suspirou.

— Está bem, irmãzinha. Mas será uma perda de tempo. Enquanto isso, é melhor começarmos a arrumar o apartamento, antes que papai e mamãe voltem.

Ainda estavam arrumando quando os pais entraram. Keiko olhou aturdida para o caos e perguntou:

— O que vocês dois andaram fazendo?

— Nada, mãe. Nós...

— Como puderam fazer tamanha bagunça? O lugar de suas roupas é no quarto, não na sala.

Kenji e Mitsue trocaram um olhar. Sabiam que os pais não acreditariam na história de fantasma.

— Foi Neko — murmurou Mitsue.

Naquela noite, Mitsue estava muito agitada. Provaria ao irmão que tinha visto uma coisa real, que não era um mero sonho. Quando terminaram de jantar, Mitsue sussurrou para Kenji:

— Lembre-se de sua promessa. Tem de ir ao meu quarto para conhecer o fantasma.

— Mitsue, por que você não esquece essa história, e...

— Você prometeu.

Kenji suspirou.

— Está bem. Pode me esperar.

— À meia-noite.

— Combinado.

Kenji foi para o seu quarto, a fim de fazer os deveres de casa. Eram muito mais fáceis na América. No Japão, a escola parecia ocupar a maior parte de seu tempo, mas aqui, nos Estados Unidos, sobrava tempo para outras coisas. *Como ver fantasmas*, pensou Kenji.

Às 10 horas, o pai disse:

— Muito bem, crianças, hora de ir para a cama. Tratem de dormir.

Mas Mitsue não conseguiu dormir. Estava muito agitada com a perspectiva de ver o fantasma de novo, e Kenji — embora não admitisse nem para si mesmo — achava que seria maravilhoso se houvesse de fato um fantasma. Seria uma história e tanto para contar aos colegas.

Quando faltavam 15 minutos para a meia-noite, com os pais em seu quarto, Kenji atravessou a sala e bateu à porta de Mitsue.

— Entre — sussurrou Mitsue. — O fantasma vai aparecer à meia-noite.

Kenji sentou na beira da cama da irmã.

— Como disse que o fantasma era? — perguntou ele.

— Era uma moça, em torno dos 17 ou 18 anos, e usava um lindo vestido branco.

— E disse que havia sangue no vestido.

— Isso mesmo.

— Não faz sentido. Por que teria sangue no vestido?

— Não sei. Podemos perguntar a ela.

— Se aparecer.

— Ela vai aparecer — garantiu Mitsue, confiante.

— Como sabe?

— Porque ela me pediu que a ajudasse. Portanto, vai voltar.

Faltavam 5 minutos para a meia-noite. Kenji sentiu que também estava muito agitado. E se o fantasma aparecesse mesmo? Estava assustado, mas nunca iria admitir.

— Tem de abrir a porta para ela entrar? — perguntou Kenji.

— Não. Ela passa direto pela porta.

Kenji riu.

— Mitsue, espera mesmo que eu acredite nisso?

— Vai ver só.

Era meia-noite. Os dois permaneciam sentados, muito tensos, esperando que a aparição passasse pela porta. Nada aconteceu. E logo passaram 5 minutos da meia-noite, depois 15 minutos, e meia hora.

— Ela não virá — murmurou Mitsue, incapaz de ocultar seu desapontamento.

— Era o que eu esperava — disse Kenji. — Por um momento, quase me fez acreditar.

— Kenji, eu juro...

— Sei que você realmente pensa que viu alguma coisa. Mas pode ter certeza de que foi apenas um sonho. Agora, se não se importa, eu gostaria de ir dormir.

E Kenji foi para seu quarto.

Na segunda-feira, na escola, Mitsue continuou a pensar na moça. Será que o pai e o irmão estavam certos? Era mesmo verdade que não existiam fantasmas? Ela nem mesmo sabia direito o que era um fantasma. No intervalo, ela foi falar com a Sra. Marcus.

— O que é um fantasma, Sra. Marcus?

A Sra. Marcus ficou surpresa com a pergunta.

— Um fantasma, pelo que se diz, é o espírito de uma pessoa morta, que se mantém irrequieta, porque ainda tem um trabalho a fazer neste mundo. Quando o trabalho for concluído, irá para outro mundo.

— Entendo...

Mas Mitsue não entendia. Que trabalho por fazer a moça poderia ter deixado neste mundo?

— Por que me perguntou sobre fantasmas?

Mitsue sentia-se envergonhada demais para contar a experiência por que passou.

— Eu apenas queria saber.

E também gostaria de saber se o fantasma virá me visitar esta noite. Quero que Kenji a veja.

Kenji esquecera quase por completo o fantasma de Mitsue. Ocupava-se com coisas mais importantes. Na hora do almoço, houve uma partida de beisebol no pátio. Ele ficou observando os meninos escolherem os times. Tinha a maior vontade de entrar no jogo, mas não queria parecer intrometido e se convidar. Ao final, o capitão de um dos times olhou para ele.

— Você joga beisebol?

— Um pouco — respondeu Kenji, modesto.

Ele não disse que era o capitão do seu time em Tóquio.

— Muito bem, vamos lhe dar uma chance. Será experimentado no meu time.

— Obrigado! — exclamou Kenji, feliz.

O time de Kenji começou rebatendo. O primeiro rebatedor foi eliminado. O segundo também. Era a vez de Kenji.

— Vamos ver do que você é capaz! — gritou o capitão.

— Tentarei o melhor que puder.

Kenji foi para a posição do rebatedor. Observou o arremessador lançar uma bola rápida. Kenji aprendera um segredo sobre o beisebol. Era um jogo que se jogava na mente. Ao ver a bola se aproximando, visualizou que vinha bem devagar, o que lhe dava tempo suficiente para rebatê-la. No momento que a bola o alcançou, Kenji acertou-a com o bastão. A bola saiu voando pelo ar, atravessando o campo.

Os outros jogadores olharam para ele, espantados.

— Corra! — gritou o capitão.

E Kenji correu para a primeira base. Seu time ganhou o jogo.

Depois que o time saiu de campo, o capitão aproximou-se de Kenji e perguntou:

— Você sabe arremessar tão bem quanto rebate?

— Farei o melhor que puder — respondeu Kenji.

— Muito bem, você será nosso arremessador no próximo turno.

Kenji eliminou os três primeiros rebatedores. Não é preciso dizer que seus companheiros ficaram impressionados. Terminado o jogo, o capitão tornou a procurá-lo.

— Meu nome é Clarence. Gostaria de jogar no meu time todos os dias?

— Gostaria muito.

— Então pode contar com isso.

Os dois meninos trocaram um aperto de mãos.

Quando Kenji e Mitsue voltaram para casa, depois das aulas, John Feeney, o zelador, estava no saguão. Virou-se quando as crianças entraram no prédio.

— Boa tarde, Kenji. Boa tarde, Mitsue. — Ele se preocupara em gravar seus nomes. — Como passaram o dia de hoje?

— Muito bem, obrigado, senhor — respondeu Kenji.

— Estão se dando bem na escola?

Foi Mitsue quem respondeu:

— Claro. Gostamos muito da nossa escola.

— Não gostariam de comer alguns biscoitos e tomar um leite em meu apartamento?

Kenji sorriu.

— Seria ótimo, senhor.

— Venham. — John Feeney caminhou até o apartamento e as crianças o seguiram. Ele era um dos homens mais amáveis que eles já haviam conhecido. Pôs os biscoitos e o leite na mesa de jantar.

— Sirvam-se à vontade.

Os biscoitos estavam frescos e deliciosos, o leite era gelado.

— Estão gostando de viver nos Estados Unidos? — perguntou John Feeney.

Kenji respondeu, a boca cheia de biscoito:

— Muito, senhor. Todos aqui são simpáticos.

— Tentamos ser. — Feeney sorriu. — Nosso país ainda é bastante jovem. Seu país tem uma civilização muito mais antiga do que a nossa.

— Já esteve no Japão, Sr. Feeney? — indagou Mitsue.

— Não. É um dos poucos lugares que ainda não conheço. Mas um dia desses espero poder visitá-lo.

— Se for até lá, visite-nos, por favor — disse Mitsue. — Voltaremos para casa dentro de um ano.

— Claro que os procurarei — prometeu John Feeney. — Estão gostando do apartamento?

— Muito, senhor. É lindo. E nos sentimos felizes morando nele.

— Não tiveram nenhum problema?

Kenji ficou perplexo.

— Problema?

— Sabe, barulhos, ou coisas assim...

— Não, senhor.

Kenji se perguntou o que ele estaria pensando. Por um momento, pensou em mencionar o fantasma que Mitsue alegava ter visto, mas logo concluiu que seria uma tolice. John Feeney riria de sua irmã.

— Está tudo bem — acrescentou Kenji.

— Ótimo. Fico contente em saber disso.

Como Kenji, Mitsue fazia amizades com facilidade. À medida que os dias foram passando, ela começou a ser convidada para jantar na casa das colegas.

— Posso, mãe? — pedia Mitsue.

— Claro, filha.

Os pais sentiam-se satisfeitos por ver que Mitsue era tão popular.

— E deve convidar suas amigas para jantar aqui — acrescentou Keiko. — Gostaríamos de conhecê-las.

Mas Mitsue não tinha a menor intenção de convidar as amigas para ir ao apartamento. Receava que o fantasma pudesse aparecer. E quando a mãe reiterava a sugestão, ela se limitava a dizer:

— Há bastante tempo para isso.

Na sexta-feira, ao voltarem da escola, Mitsue disse a Kenji:

— Eu gostaria que você me fizesse um favor.

— Claro. Precisa de ajuda nos deveres de casa?

— Não é isso. Quero que vá de novo ao meu quarto hoje, à meia-noite.

Kenji parou, fitou-a nos olhos.

— Já fiz isso, Mitsue. E provamos que não existe nenhum fantasma.

— Não, não provamos nada — insistiu Mitsue, obstinada. — Lembre-se de que ela me procurou numa sexta-feira. Pois hoje é sexta de novo. Acho que ela pode voltar esta noite.

— Por que ela só viria na sexta-feira?

— Não sei, Kenji. Só sei que sinto que ela vai aparecer. Vai esperá-la no meu quarto?

Kenji suspirou.

— Está bem. Mas será a última vez.

Mitsue sorriu.

— Obrigada.

Kenji sabia que toda aquela história era absurda, mas amava demais a irmã. Faria aquilo só para agradar-lhe, e depois esqueceriam tudo.

Depois do jantar, as crianças escreveram cartas para os amigos em Tóquio.

"A escola é bem fácil", escreveu Kenji. "Entrei na equipe de beisebol. Há jogadores muito bons aqui. Temos passeado bastante por Nova York, que é uma cidade interessante. Mas tenho saudade de Tóquio..."

Mitsue escreveu para as amigas: "Eles não usam uniformes na escola. As meninas andam de jeans e passam batom nos lábios. Mamãe disse que também poderei usar batom quando ficar um pouco mais velha. Mas não sei se algum dia ela me deixará andar de jeans."

Às 10 horas, Keiko disse:

— Muito bem, crianças, hora de ir para a cama. Farei um bom café da manhã para vocês amanhã.

As duas crianças deram um beijo de boa-noite na mãe e no pai. Mitsue foi para seu quarto e Kenji para o dele.

Kenji sentia-se cansado. Fora um dia longo e movimentado, mas estava feliz. Vinha se saindo muito bem nas aulas, e agora integrava o time de beisebol. Havia muitas coisas que o deixavam feliz. Ajeitou-se para dormir, mas lembrou de repente a promessa que fizera à irmã.

— Oh, não! — resmungou Kenji. — Agora terei de ficar acordado por causa daquela garota boba!

Ele queria muito dormir, mas sabia que tinha de cumprir a promessa. Pegou um livro, começou a ler, e, antes que percebesse, faltavam só alguns minutos para a meia-noite. Sentia os olhos pesados, mas deu um jeito de permanecer acordado. Reinava o silêncio no apartamento. Kenji abriu a porta do quarto, deu uma espiada na sala. Os pais já tinham ido se deitar. Kenji foi na ponta dos pés até o quarto de Mitsue. Bateu de leve à porta.

— Mitsue, você está acordada?

Ouviu a resposta sussurrada:

— Estou, sim, Kenji. Entre.

Ele abriu a porta e entrou. O quarto estava apinhado com as bonecas e bichos de pelúcia de Mitsue.

— Ela deve aparecer a qualquer momento — murmurou Mitsue.

Kenji balançou a cabeça.

— Minha cara irmã, não vai aparecer ninguém. Fantasmas não existem.

— Espere só para ver.

Ele sentou na beira da cama.

— Joguei beisebol hoje, Mitsue. O capitão do time me disse que fui o melhor...

— Psiu!

Kenji fitou-a, surpreso.

— Como?

— Fique calado. Ela está chegando.

— Ninguém está vindo — protestou Kenji, impaciente. — Seja como for, o capitão disse que se eu quisesse...

Foi nesse instante que Kenji ouviu um gemido baixo. Olhou para Mitsue.

— Foi você que fez esse barulho?

— Não.

Kenji virou-se para a porta. Parecia haver uma coisa branca passando pela porta. Era como uma nuvem branca, turbilhonando, sem qualquer forma definida, aproximando-se da cama. O quarto tornou-se subitamente frio.

— É ela! — sussurrou Mitsue.

A nuvem branca assumiu de repente a forma da moça que Mitsue havia visto antes. Usava o mesmo vestido branco, com manchas de sangue.

— Por favor, ajudem-me! — murmurou a moça. — Ajudem-me!

Kenji a fitava com os olhos arregalados. Tentou falar, mas as palavras não saíram.

— Então diga como podemos ajudá-la — murmurou Mitsue.

Nesse momento o vulto desapareceu através da porta fechada.

— Você a viu? — perguntou Mitsue.

Kenji não tinha condições de falar. O coração batia descompassado, havia uma secura na garganta. *Acabei de ver um fantasma*, pensou ele. *Um fantasma de verdade, ao vivo... isto é, um fantasma de verdade morto. Isto é...* Sentia-se tão confuso que não sabia o que pensar.

— Você a viu? — insistiu Mitsue.

— Vi, sim. — A voz de Kenji era rouca. — Irmã... *este apartamento é mal-assombrado.*

Capítulo 6

— Irmã — repetiu Kenji —, este apartamento é mal-assombrado.

— Eu não disse?

— Quem é ela?

— Não sei. Perguntei à minha professora o que é um fantasma e ela respondeu que é um espírito que ainda tem um trabalho a realizar neste mundo.

Que tipo de trabalho ela teria a fazer por aqui?, especulou Kenji. *Não faz sentido.*

Mas Kenji e Mitsue logo saberiam a resposta.

Quando as crianças desciam no elevador, na manhã seguinte, um homem entrou, no oitavo andar. Era baixo e corpulento, tinha um queixo quadrado, olhos frios. Fitou as crianças e disse:

— Foram vocês que se mudaram para o apartamento 13A, não é?

— Isso mesmo, senhor — respondeu Kenji.

— Moro no oitavo andar. Meu nome é Jerry Davis.

Havia alguma coisa no homem que não agradou às crianças.

— Finalmente conseguiram se livrar daquele apartamento — comentou Jerry Davis.

Kenji ficou surpreso.

— Como assim?

— Conseguiram alugá-lo. Uma moça foi assassinada ali há seis meses, e desde então não era possível alugá-lo.

Kenji e Mitsue trocaram um olhar.

— Como... como ela foi assassinada? — perguntou Mitsue.

— Foi um assaltante — informou Jerry Davis. — A polícia concluiu que ela chegou em casa e surpreendeu o assaltante, que a apunhalou até a morte para que não o denunciasse.

— Pegaram o assassino? — indagou Kenji.

— Não. Ele conseguiu escapar.

Então é por isso que ela se tornou um espírito atormentado, pensou Kenji, animado. *O assassino não foi preso.*

Quando o elevador chegou ao térreo, Jerry Davis disse:

— Tenham um ótimo dia, crianças.

Ele se afastou. Kenji e Mitsue estavam bastante agitados com o que tinham acabado de ouvir.

— Assassinada — murmurou Kenji.

— É por isso que havia sangue na frente do vestido — disse Mitsue.

Foi nesse momento que John Feeney saiu de seu apartamento.

— Bom dia, Kenji. Bom dia, Mitsue.

— Bom dia, Sr. Feeney. Quem era o homem que desceu no elevador com a gente?

— Está se referindo a Jerry Davis?

— Esse mesmo.

— É um detetive particular.

— Ele nos falou sobre a moça que foi assassinada em nosso apartamento — disse Mitsue.

John Feeney franziu o rosto.

— Susan Boardman. Ele não deveria ter feito isso. Não há motivo para assustá-los. Tudo já acabou.

Mas as crianças sabiam que não tinha acabado. Não enquanto o fantasma da moça estivesse assombrando o apartamento. Mitsue disse:

— Ontem à noite...

Kenji pisou no pé da irmã, lançou-lhe um olhar de advertência. Mitsue compreendeu no mesmo instante e mudou o que ia dizer:

— Ontem à noite foi maravilhoso, não é? O tempo estava ótimo.

— Tem razão — disse Feeney. — O outono é maravilhoso.

Ao saírem para a rua, Mitsue disse:

— Por que não quis que eu contasse a ele sobre o fantasma?

— Acho que não devemos contar a ninguém por enquanto, Mitsue. A moça está tentando nos dizer alguma coisa. Vamos descobrir o que é.

Eles voltaram à escola na segunda-feira e cada um foi para sua sala. Era difícil para os dois se concentrarem. Não paravam de pensar no fantasma. Só que a moça era mais do que um fantasma agora. Era alguém que tinha vivido no apartamento e tinha sido assassinada ali. Kenji sentia calafrios pela espinha ao pensar a respeito.

O professor de Kenji anunciou:

— Vamos avançá-lo uma série, Kenji. Saiu-se muito bem aqui e está preparado para entrar numa turma mais adiantada.

Em circunstâncias normais, Kenji ficaria na maior animação. Agora, porém, sua mente se ocupava com outras coisas.

— Obrigado, Sr. Leff.

— Continuarei a ser seu professor principal, mas terá aulas com outros professores também.

A primeira aula de Kenji pela manhã foi de inglês. O professor designou-lhe um lugar e depois disse à turma:

— Hoje, vamos estudar os antônimos. Alguém sabe o que é um antônimo?

Kenji decidiu arriscar um palpite:

— Tem alguma coisa ver com *ants*, que significa formigas em inglês?

O professor sorriu.

— Não, Kenji. Antônimos são palavras que têm um significado oposto. Por exemplo, triste e feliz são antônimos. Alto e baixo, bom e mau. Cada uma significa o oposto da outra. Estão entendendo?

— Sim, senhor.

— Muito bem, turma. Quero que escrevam vinte antônimos para mim.

Kenji pôs-se a trabalhar com os colegas. A primeira coisa que escreveu foi "vida-morte". Não podia tirar o problema da cabeça.

O resto do dia passou devagar. Na hora do recreio, Kenji jogou beisebol com os colegas, mas sem o menor ânimo. Quando foi rebater, errou várias bolas e seus arremessos também foram ruins.

— Está se sentindo mal? — perguntou Clarence. — Não consegue jogar bem hoje.

— Não dormi direito ontem à noite — admitiu Kenji.

E não sei se conseguirei dormir esta noite.

Ao final das aulas, Kenji esperou Mitsue e voltaram juntos para casa.

— Eu gostaria de saber quem a matou — disse Kenji.

— Ouviu o que o Sr. Davis falou. Foi um assaltante.

— Como um assaltante poderia entrar no prédio, ir até lá em cima, arrombar um apartamento e ter alguma esperança de sair sem que ninguém o visse?

— O que está querendo insinuar, Kenji?

— Que talvez ela tenha sido morta por alguém que mora no prédio.

Mitsue parou, aturdida.

— Alguém que ainda esteja morando lá?

— Isso mesmo. É possível.

Mitsue empalideceu.

— Não acredito.

— Pode fazer sentido — insistiu Kenji, obstinado. — Se foi alguém que morava no prédio, não precisaria se esgueirar para entrar ou sair, não teria de explicar sua presença.

As crianças já haviam visto a maioria dos moradores, entrando e saindo do prédio, e todos pareciam absolutamente normais. Ninguém parecia ser um assassino.

— Tem alguma ideia de quem poderia ser? — indagou Mitsue.

— Não. — Mas Kenji pensava num nome: *Jerry Davis*. — Vamos perguntar quando ela aparecer esta noite.

— Não creio que ela venha esta noite — disse Mitsue. — Ela só aparece nas sextas-feiras, lembra?

— O que é muito estranho. Por que só nas sextas?

Subitamente, ele teve certeza de que sabia a resposta.

Ao chegarem ao prédio, Kenji foi bater à porta de John Feeney.

— Desculpe incomodá-lo, Sr. Feeney, mas eu gostaria de fazer uma pergunta.

— Claro, Kenji. Pode entrar. Você também, Mitsue. Em que posso ajudá-los? Querem biscoitos e leite?

— Não, obrigado, senhor.

— Qual é a pergunta?

— Aquela moça que foi assassinada lá em cima... lembra em que dia isso aconteceu?

— Lembro, sim, Kenji. Foi numa sexta-feira.

Na escola, no dia seguinte, Kenji descobriu que seu novo curso de inglês se tornava cada vez mais interessante.

— Hoje — disse o professor —, vamos estudar homônimos. Alguém sabe o que é um homônimo?

Desta vez Kenji se manteve de boca fechada.

— Muito bem — disse o professor. — Na língua inglesa, homônimos são palavras que se pronunciam da mesma maneira, mas escritas de maneira diferente, com significados diferentes. Vamos pegar uma palavra em inglês, *praise*.

Ele escreveu *p-r-a-i-s-e* no quadro-negro.

— *Praise* significa louvar, elogiar alguém. Pode-se dizer, por exemplo, "Você está muito bonita hoje", ou "Você é muito inteligente".

Ele escreveu outra palavra no quadro-negro, *p-r-a-y-s*.

— Pronuncia-se exatamente da mesma maneira, mas tem um significado diferente. *To pray*, significa rezar, falar com Deus, agradecer ou pedir alguma coisa. Portanto, as palavras são homônimas. Soam da mesma maneira, mas são escritas de modos diferentes, e possuem significados diferentes. Há outros casos assim na língua inglesa. Vejamos, por exemplo, a palavra *stare*, s-t-a-r-e. Significa olhar para alguém por um longo tempo.

Ele escreveu embaixo a palavra s-t-a-i-r.

— *Stair*. Pronuncia-se exatamente da mesma forma, mas *stair* em inglês significa escada. Percebem agora como um homônimo funciona? Kenji, pode dizer outros homônimos?

Kenji levantou-se, ficou em silêncio por um momento, pensando.

— Pois não, senhor. *Sun*, s-u-n, que significa sol, e *son*, s-o-n, que significa filho.

— Muito bem. Dê outro exemplo.

— *Pale*, p-a-l-e, que significa pálido, e *pail*, p-a-i-l, que significa balde.

— Excelente, Kenji!

Todos os outros estudantes levantaram a mão, ansiosos por oferecer mais exemplos.

— *Sole*, s-o-l-e, que significa sola, e *soul*, s-o-u-l, que significa alma.

— *Raise*, r-a-i-s-e, que significa aumento, e *raze*, r-a-z-e, que significa arrasar.

— *Red*, r-e-d, que significa vermelho, e *read*, r-e-a-d, que significa leu.

Foi muito divertido.

Kenji e Mitsue sentaram juntos para almoçar no refeitório. Ainda se sentiam bastante agitados pelo que tinha acontecido na noite de sexta-feira.

— Não seria sensacional se pudéssemos descobrir quem foi o assassino de Susan Boardman? — disse Kenji.

— Claro que seria — concordou Mitsue. — Assim ela ficaria livre.

Kenji ficou pensando se deveria fazer algum comentário sobre Jerry Davis para a irmã. Havia alguma coisa no homem que não lhe agradava. Tinha o pressentimento de que Jerry Davis era o assassino.

— Acredita realmente que o assassino é alguém que ainda mora no prédio? — perguntou Mitsue.

— É possível.

Mas Kenji não disse em voz alta o que estava pensando: *E acho que descemos com ele no elevador esta manhã.*

A professora de Mitsue disse:

— Vamos estudar hoje um pouco da história dos Estados Unidos.

Ela correu os olhos pela turma. Havia crianças de meia dúzia de países diferentes.

— Tenho certeza de que todos sabem alguma coisa sobre a história de seus respectivos países, mas é importante para os que vivem aqui conhecerem também a história americana. Quantos de vocês já ouviram falar de George Washington?

Quase todos levantaram a mão.

— Ótimo. George Washington é conhecido como o pai do nosso país. Alguém pode me dizer por quê?

Uma das alunas sugeriu:

— Porque ele teve uma porção de filhos?

A professora riu.

— Não. George Washington foi um dos líderes da revolução contra a Inglaterra. A América era uma colônia da Inglaterra, e o rei George tentou nos obrigar a pagar impostos muito altos. George Washington e alguns outros disseram que ele não podia fazer isso com a gente, e foi assim que começou a Guerra da Revolução. Os Estados Unidos venceram, libertaram-se da Inglaterra e se tornaram um país muito poderoso. Quantos de vocês já ouviram falar de Abraham Lincoln?

Mais uma vez, quase todos levantaram a mão.

— Excelente! Abraham Lincoln foi um dos nossos maiores presidentes. Havia escravidão na América naquele tempo. Milhares de negros eram sequestrados da África, levados para os Estados Unidos e vendidos como escravos. Eram obrigados a trabalhar por pouco ou nenhum dinheiro. Os escravos trabalhavam nas plantações no sul do país e as pessoas na parte norte achavam que isso era errado. Abraham Lincoln concordava com elas. E decidiu abolir a escravidão. Como não podia deixar de ser, os sulistas ficaram furiosos. Gostavam de ter todos aqueles escravos trabalhando para eles. Quando Abraham Lincoln anunciou sua decisão, começou a grande Guerra Civil, com os americanos do norte lutando contra os do sul.

— O norte venceu — comentou um aluno.

— Isso mesmo, o norte venceu. Levou muito tempo para reparar os danos causados, mas os escravos tornaram-se livres. Os Estados Unidos passaram a ser de fato um país livre. Tivemos alguns presidentes extraordinários e outros que não foram tão bons. Mas uma das coisas maravilhosas é o fato de sermos um dos poucos países do mundo que realizam eleições livres.

— O que são eleições livres? — perguntou Mitsue.

— Significa que as pessoas são livres para escolher seu presidente. Alguém sabe por quanto tempo um presidente permanece no cargo?

— Sete anos?

— Não. Em alguns países, o presidente é eleito por sete anos. Mas nos Estados Unidos são quatro anos. Muitos países são dirigidos por ditadores. O povo não pode se manifestar sobre o que acontece em seu país. É obrigado a fazer o que o ditador manda. Aqui, se o presidente faz alguma coisa muito errada, pode sofrer um *impeachment*.

A professora percebeu os olhares curiosos da turma e explicou:

— Isso significa que é submetido a julgamento e afastado do cargo se for considerado culpado. Portanto, neste país, é o povo quem realmente manda. A cada quatro anos, vota nas pessoas que deseja no comando de seus governos municipal, estadual e federal. É um dos melhores sistemas de governo do mundo.

A campainha tocou encerrando a aula.

Mitsue levantou-se, saiu para se encontrar com Kenji. Queria conversar sobre o fantasma.

Na turma de Kenji estavam estudando as estações do ano.

— Há quatro estações — falou o professor. — Pode me dizer quais são?

Ele olhou para Kenji, que parecia não estar escutando. Virou-se então para outro aluno.

— Claro, senhor. Inverno, primavera, verão e outono.

— Correto.

— E cada estação dura três meses.

— Sabe por que faz mais frio no inverno?

— Porque a Terra se afasta mais do sol.

— Muito bem. — O professor olhou para outro aluno. — De onde recebemos o calor?

O aluno sorriu.

— Essa é fácil. Do sol.

— É mesmo? Quando você está num avião, aproximando-se do sol, fica mais quente ou mais frio?

— Mais frio.

— Mas se está se aproximando do sol, por que não fica mais quente?

O aluno franziu o rosto, desconcertado.

— Eu... não sei.

— A resposta é que não recebemos o calor do sol. O sol nos proporciona energia radiante. Essa energia só se transforma em calor depois que toca num objeto... uma nuvem, uma calçada, um prédio. — O professor virou-se para Kenji. — Pode nos dizer o que são as manchas solares?

Não houve resposta.

— Kenji?

Kenji estava com os pensamentos longe quando ouviu seu nome. Olhou para o professor.

— Pois não, senhor?

— Fiz uma pergunta. Em que estava pensando?

— Nada, senhor.

Ele não podia contar que sonhava com a noite de sexta-feira, quando poderia perguntar ao fantasma da moça quem a assassinou.

Capítulo 7

Mitsue gostava muito da escola. No início, receou a dificuldade de fazer novas amizades. Mas descobriu que os americanos eram simpáticos e acessíveis. Era convidada a visitar as casas de colegas, mas hesitava em chamar alguém ao apartamento em que morava. Embora o fantasma aparentemente costumasse surgir apenas nas noites de sexta-feira, era possível que resolvesse aparecer em outra ocasião, no meio de uma festa. Quem podia saber o que se passava na mente de um fantasma? Mitsue concluiu que era melhor não correr riscos.

Kenji também gostava da escola. Como era inteligente, progrediu depressa. Uma manhã, na aula de inglês, estudavam sinônimos.

— Alguém sabe o que é um sinônimo? — perguntou o professor.

— É uma coisa ruim que alguém faz? — sugeriu um aluno.

O professor riu.

— Não. Sei que disse isso porque pensou em *sin*, a palavra da língua inglesa para pecado. Sinônimos são palavras diferentes que significam a mesma coisa. — Ele olhou para Kenji. — Pode nos dar um exemplo, Kenji?

Kenji ficou de pé.

— Diferentes palavras que significam a mesma coisa?

— Isso mesmo.

Kenji pensou por um momento.

— Enorme... imenso.

— Ótimo. Dê outro exemplo.

— Bonito... belo... lindo.

— Excelente. Pode dar mais um exemplo?

Kenji acenou com a cabeça.

— Triste... infeliz.

— Muito bem. Todos já sabem agora o que significa sinônimo.

Kenji e Mitsue estavam indo tão bem em suas aulas porque as escolas no Japão eram muito mais difíceis. Já haviam aprendido o que seus colegas só agora começavam a estudar. O que tornava os estudos bem fáceis para eles.

Na fábrica, Takesh Yamada também fazia grandes progressos. Suas ideias sobre reorganização eram excelentes e já começavam a produzir resultados. Os lucros estavam aumentando.

— É tudo uma questão de eficiência — dizia ele aos subordinados. — É importante reduzir todos os desperdícios e custos desnecessários sem deixar que isso afete a qualidade do produto.

Todos estavam bastante impressionados com Takesh.

— Seus filhos estão gostando de viver aqui? — perguntou um dos executivos.

— Estão, sim, e muito.

Mas enquanto dizia isso, Takesh Yamada se perguntou se seria mesmo verdade. Os filhos iam bem na escola, pareciam gostar dos professores, assim como do apartamento onde moravam, mas nos últimos dias o comportamento deles estava um pouco estranho, e o pai não sabia o que estava acontecendo. Em diversas ocasiões, via Kenji e Mitsue conversando aos sussurros num canto. Mas quando indagava sobre o que falavam eles davam alguma resposta vaga. Tinha a impressão de que os filhos escondiam alguma coisa. Decidiu conversar com Keiko a respeito, e ela disse:

— Também notei. As crianças andam muito nervosas. Tentei descobrir qual era o problema, mas se mostraram evasivas. — Keiko deu de ombros. — Mas, como vão muito bem na escola, não creio que seja algo muito importante. Deve ser alguma fase infantil por que estão passando.

E isso foi o final da conversa.

Uma das coisas mais difíceis de as crianças se acostumarem foi o fato de a escola ser mista. Em Tóquio, Mitsue cursava uma escola só para garotas e Kenji uma escola só para meninos. Agora, de repente, estavam em uma mesma turma com o sexo oposto.

Kenji sentia-se nervoso com as garotas. Era um jovem atraente, e as garotas de sua turma não tiravam os olhos dele, o que o deixava ainda mais nervoso. A única garota com quem se sentia à vontade era a irmã. Era fácil para Kenji conversar com os meninos da turma, mas ficava inibido quando qualquer das garotas lhe falava. Não sabia o que dizer. *O que se pode dizer às garotas?*, Kenji tentava imaginar. Elas não se interessavam pelas coisas importantes, como beisebol, futebol americano ou lutas. Só pensavam em bonecas, bichos de pelúcia e roupas. Era uma situação difícil para ele.

Mitsue não tinha qualquer problema com os meninos. Gostava da companhia deles. Era uma experiência nova para ela. O irmão às vezes brigava com ela, censurava-a, zombava, mas os meninos de sua turma eram todos muito simpáticos. Havia ocasiões em que até carregavam seus livros, e se estava com alguma dificuldade numa das aulas procuravam ajudá-la a resolver o problema. *Os meninos são maravilhosos*, concluiu Mitsue.

Em casa, uma noite, Kenji pediu ao pai:

— Poderíamos conversar a sós, pai?

— Claro, Kenji. Vamos para a sala.

Mitsue e Keiko ficaram na cozinha, lavando a louça.

— Qual é o problema, filho?

— É sobre as garotas — explicou Kenji.

Takesh pensou: Meu filho está virando um homem.

— O que há com as garotas?

— É muito difícil para mim. Há uma garota na minha turma que vive me seguindo. Acho que ela gosta muito de mim.

— Não vejo nada de errado nisso.

— Ela me deixa nervoso. Não gosto de garotas. — Uma pausa, e Kenji se apressou em acrescentar: — À exceção de Mitsue, é claro.

Takesh Yamada fez um esforço para não rir.

— Entendo. Vai fazer 15 anos, não é mesmo, filho?

— É, sim, senhor.

— Quando eu tinha sua idade, também não me interessava por garotas. Mas a situação mudou quando me tornei alguns anos mais velho. Conheci sua mãe e nos casamos.

— Nunca vou casar — afirmou Kenji.

Takesh então disse, muito solene:

— Filho, vamos deixar para ter esta conversa daqui a dois ou três anos.

Kenji balançou a cabeça concordando.

— Está certo. O que devo fazer com a garota que anda me perseguindo?

— Não deixe que ela o pegue.

Numa tarde de terça-feira, para surpresa de Keiko, a Sra. Kellogg apareceu no apartamento.

— Espero não estar incomodando, Sra. Yamada, mas precisamos conversar.

— Claro.

Keiko ficou alarmada. Por que a professora teria ido a seu apartamento? Será que tinha acontecido alguma coisa com Mitsue?

— Está tudo bem? — perguntou ela.

A professora sorriu.

— Não precisa se preocupar. É um assunto pessoal.

— Aceita um chá?

— Seria ótimo. Obrigada.

As duas sentaram na cozinha e Keiko serviu chá com bolo. Keiko esperou polidamente que a Sra. Kellogg começasse a falar.

— É um pouco embaraçoso, Sra. Yamada, e talvez não seja da minha conta, mas gosto muito de Mitsue, e por isso achei que deveria alertá-la sobre uma coisa.

Keiko sentiu-se nervosa de novo.

— Qual é o problema?

— As colegas de Mitsue gostam muito dela e sempre a convidam para visitá-las em suas casas.

— Sei disso. Mitsue me disse que gosta muito de visitar as amigas.

— É justamente esse o problema, Sra. Yamada. Várias amigas de sua filha já vieram me perguntar por que Mitsue nunca as convida para vir aqui.

— Ahn...

— Acham isso muito estranho.

— Eu compreendo.

— Não quero parecer intrometida, mas há alguma razão para que Mitsue não convide as amigas para virem aqui?

— Claro que não. Elas seriam muito bem-vindas.

A Sra. Kellogg sorriu, aliviada.

— Fico satisfeita em ouvir isso. — Ela hesitou por um momento. — Posso fazer uma sugestão?

— Por favor.

— Já ouviu falar de uma festa de pijama?

Keiko sacudiu a cabeça.

— Não.

— É um costume americano. As garotas da idade de Mitsue se reúnem na casa de uma delas, levam seus pijamas e depois do jantar passam a noite juntas no quarto. Conversam, riem, fazem todas as coisas que as garotas dessa idade fazem e se divertem muito.

— Onde elas dormem? — perguntou Keiko.

— Essa é a parte mais engraçada. Dormem em qualquer lugar. Em mantas estendidas no chão, em sofás. Não tem importância. A diversão é passarem a noite inteira juntas.

Keiko pensou por um momento.

— A senhora sugere que Mitsue ofereça uma festa de pijama aqui?

— Seria maravilhoso, Sra. Yamada. As amigas de Mitsue adorariam. E seria uma noite na véspera de um dia sem aulas.

Keiko sorriu.

— Assim será feito. Como neste sábado as crianças não terão aula, faremos uma festa de pijama aqui na sexta-feira.

A Sra. Kellogg levantou-se.

— Não tenho palavras para descrever como as amigas de Mitsue ficarão satisfeitas, Sra. Yamada.

— Falarei com Mitsue assim que ela chegar em casa. Obrigada por ter vindo.

Keiko acompanhou a Sra. Kellogg até a porta.

Assim que Mitsue chegou, a mãe disse:

— Tenho uma surpresa para você. Vai oferecer uma festa de pijama aqui.

— Uma festa de pijama?

— Isso mesmo. A Sra. Kellogg veio me visitar. Achou que seria uma boa ideia se você convidasse algumas de suas colegas para passar a noite.

Mitsue hesitou, sem saber o que dizer.

— Onde elas dormiriam, mãe?

— Providenciarei tudo. Disse à Sra. Kellogg que você daria uma festa de pijama aqui na sexta-feira.

Mitsue ficou paralisada.

— Na sexta-feira? Mas não é possível!

— Por que não?

— Eu... apenas acho que não seria uma boa ideia. E tenho de conversar com Kenji sobre isso.

Keiko ficou surpresa.

— Kenji? O que ele teria a ver com uma festa de pijama?

Mitsue não ousava explicar. Como poderia? A mãe e o pai pensariam que era louca.

— Nós... combinamos ir ao cinema na noite de sexta-feira — balbuciou Mitsue.

Mas a mãe já estava decidida.

— Podem ir ao cinema outro dia. Na noite de sexta-feira você terá uma festa de pijama aqui. E amanhã convidará suas amigas.

Não havia como recusar.

— Está bem, mamãe — murmurou Mitsue, desolada.

Assim que o irmão chegou, Mitsue apressou-se em contar a novidade. Kenji ficou horrorizado.

— O quê? Mas não pode ter uma festa de pijama aqui na sexta-feira! E se o fantasma aparecer?

— Sei disso. Mas mamãe insistiu.

— É terrível! — Subitamente, Kenji se animou. — Talvez papai não goste da ideia de uma festa de pijama aqui. Se ele não concordar, a festa será cancelada e ficaremos a salvo.

Durante o jantar, naquela noite, Keiko falou ao marido sobre a visita da Sra. Kellogg e a proposta de uma festa de pijama. Kenji e Mitsue ficaram olhando para o pai, na maior ansiedade, torcendo para que ele rejeitasse a ideia de ter meia dúzia de crianças passando a noite no apartamento. Em vez disso, Takesh Yamada declarou:

— É uma ideia maravilhosa. — Ele virou-se para Mitsue. — Eu gostaria de conhecer algumas de suas amigas da escola.

Mitsue e Kenji trocaram um olhar. Não havia escapatória.

— Está bem, papai — murmurou Mitsue. — Tenho certeza de que minhas amigas também querem conhecê-lo.

Mas como elas se sentiriam com a perspectiva de conhecer um fantasma?

Parecia que Kenji e Mitsue encontravam Jerry Davis cada vez que pegavam o elevador. Ele vivia entrando ou saindo do prédio.

— É bem provável que ele esteja ocupado assaltando apartamentos e matando pessoas — comentou Kenji com a irmã.

— Não pode ter certeza de que é ele o assassino, Kenji.

— Posso sentir nos ossos. Foi ele mesmo. Basta a gente olhar a cara dele para saber.

Mitsue convidou seis colegas para sua festa de pijama. Todas aceitaram com a maior satisfação. Receavam que Mitsue não gostava delas. Com o convite, porém, viram que não era o caso.

— A que horas devemos ir, Mitsue?

Ela sentiu vontade de sugerir *Por que não aparecem por volta da 1 hora da madrugada, depois que o fantasma for embora?*, mas respondeu:

— Às 7 horas. Mamãe vai preparar um jantar especial.

— Comida japonesa?

— Isso mesmo.

— Não sei se gosto da comida japonesa. É tudo peixe cru, não é?

— Claro que não. — Mitsue riu. — Isso é *sushi*. Mas temos muitos outros pratos maravilhosos. *Teriyaki* e *sukiyaki*, camarão ao molho *tempura*, legumes...

— O que é *tempura*?

— Vai saber o que é lá em casa — prometeu Mitsue.

Todas as garotas aguardavam ansiosas pela festa. Na sexta-feira, Kenji e Mitsue tiveram uma conversa sussurrada.

— Onde as garotas vão dormir? — perguntou Kenji.

— Mamãe arrumou para que duas durmam em mantas no meu quarto, outras duas em mantas na sala, e as duas últimas nos dois sofás.

Kenji ficou em silêncio por um longo momento.

— O fantasma só apareceu em seu quarto. Não podemos tirar as duas meninas de lá?

Mitsue sacudiu a cabeça.

— Acho que não. Afinal, não há lugar para elas em outra parte da casa.

Kenji suspirou.

— Talvez algumas fiquem doentes e não apareçam.

Mas às 7 horas em ponto as garotas chegaram... as seis.

Keiko se empenhou para preparar um banquete requintado para as garotas, com todos os pratos prediletos de Kenji e Mitsue. A maioria das garotas nunca tinha experimentado a comida japonesa, e todas adoraram o jantar. Ao terminar, Keiko disse:

— O Sr. Yamada e eu vamos deitar. Kenji irá para seu quarto. Mitsue, mostre às suas amigas onde elas vão dormir.

— Pois não, mamãe.

Mitsue desejava ardentemente poder desaparecer em pleno ar. Não queria ficar ali e enfrentar o que iria acontecer à meia-noite. Todas ficariam apavoradas. *Mas talvez o fantasma não apareça esta noite*, pensou ela.

Só que não acreditava nessa possibilidade.

A primeira parte da noite transcorreu muito bem. As garotas se divertiram. Haviam levado suas Barbies e se ocuparam em vesti-las com roupas diferentes. Quando se cansaram disso, jogaram cartas, viram televisão. Todas estavam achando a festa maravilhosa, à exceção de Mitsue, que ficava cada vez mais nervosa. Ainda tinha a esperança de que as amigas se cansassem e quisessem dormir cedo, mas todas pareciam transbordar de energia.

Finalmente, às 11 horas, Mitsue não conseguiu mais suportar e anunciou:

— Estou com sono. Temos que acordar cedo amanhã. Por que não vamos deitar agora?

Relutantes, as garotas concordaram. Mitsue comunicou a cada uma onde iria dormir. Foram ao banheiro, vestiram o pijama, lavaram o rosto e estavam prontas para deitar. Mitsue desejou boa noite a todas.

— Boa noite, Mitsue.

As quatro garotas que dormiriam na sala acomodaram-se nos sofás e no chão. As duas outras garotas olharam para Mitsue.

— Onde nós vamos dormir?

— No meu quarto.

Elas entraram no quarto. Havia mantas e travesseiros arrumados no chão, com extremo cuidado.

— Vão dormir aqui comigo. — Uma pausa, e Mitsue acrescentou, esperançosa: — Não se sentiriam mais confortáveis dormindo na sala?

— Oh, não. Aqui está ótimo. Obrigada.

Mitsue suspirou. Podia imaginar o fantasma aparecendo à meia-noite e assustando as garotas. Fugiriam correndo do apartamento, aos berros. Todos na escola pensariam que ela era um monstro e nenhum dos colegas jamais falaria com ela de novo. *Minha vida será arruinada*, pensou Mitsue. Ela deitou em sua cama, apagou a luz. Reinava o silêncio no apartamento. Eram 11h15. *Ficarei acordada até o fantasma aparecer*, pensou Mitsue. *Talvez eu possa convencer a moça a ir embora.* Ela manteve os olhos bem abertos, enquanto os minutos passavam, mas logo se sentiu sonolenta. Tinha sido um dia comprido, o agitação e o medo do que poderia acontecer a tinham deixado esgotada. Seus olhos fecharam. E ela pegou no sono.

Não tinha ideia de quanto tempo dormira, mas acordou com uma das amigas se comprimindo contra ela, na cama. *Ela não gostou de dormir no chão*, pensou Mitsue. *Ora, não me importo que durma comigo.* A amiga estava de costas para ela. Mitsue sussurrou:

— Está tudo bem. Pode dormir aqui.

Foi nesse momento que a figura na cama virou-se para fitá-la.

— Ajude-me! — sussurrou o fantasma.

Capítulo 8

— **A**jude-me! — repetiu o fantasma. Mitsue ficou rígida, sentindo a figura gelada do fantasma se comprimindo contra seu corpo. Acabou recuperando a voz para balbuciar:

— Quero ajudá-la. Diga-me o que posso fazer.

— Deixe-me partir.

Mitsue não entendeu.

— Deixá-la partir? Como posso deixá-la partir?

— Ajude-me a punir o homem que me matou.

Mitsue acenou com a cabeça.

— Tentarei ajudar. Quem foi?

Em sua agitação, ela esquecera de sussurrar. Uma das garotas no quarto sentou no chão.

— Com quem você está conversando, Mitsue?

E o fantasma desapareceu.

Mitsue não conseguiu dormir de novo, como era de esperar. *O que vou fazer?*, pensou. *Ela quer que eu pegue seu assassino? Terei de conversar com Kenji sobre isso.*

Pela manhã, com todas as garotas no apartamento, foi impossível falar com Kenji sobre o que havia acontecido. Depois que as amigas foram embora, Mitsue chamou o irmão para uma conversa.

— O fantasma apareceu? — indagou Kenji, ansioso. — Tornou a ver a moça?

— Não apenas a vi, como também ela deitou na cama comigo. — Mitsue estremeceu. — Foi a coisa mais estranha do mundo.

— O que ela disse?

— Quer que a ajudemos a se libertar. Quer que a deixemos partir.

Kenji fitou a irmã nos olhos.

— E como podemos fazer isso?

— Encontrando o homem que a matou. Lembra o que minha professora disse? Que um fantasma é um espírito que ainda tem um trabalho a fazer neste mundo? Esse é o trabalho dela, Kenji. Cuidar para que seu assassino seja punido.

— Está querendo dizer que ela não poderá ir embora até pegarmos o homem que a matou?

— Isso mesmo.

Kenji pensou por um momento.

— Neste caso, é claro que temos de pegá-lo, não é mesmo?

— Mas como faremos isso, Kenji? Não sabemos quem é.

— Tenho certeza que é Jerry Davis. Não se preocupe. Encontraremos um meio de pegá-lo.

— Você é maravilhoso!

Mitsue adorava o irmão.

— Ora, não é nada.

No fundo do seu coração, no entanto, Kenji sentia-se apavorado.

Kenji decidiu conversar com John Feeney. Bateu à porta de seu apartamento e, assim que Feeney abriu, perguntou:

— Está muito ocupado, Sr. Feeney?

— Claro que não, filho — respondeu Feeney, cordial. — Entre. É sempre bom ter companhia.

— Obrigado, senhor.

— Aceita um sanduíche ou alguma outra coisa?

— Não, obrigado. Só queria lhe fazer algumas perguntas.

— Pode fazer. Aposto que é sobre Susan Boardman, não é?

Kenji se mostrou surpreso.

— Como sabe?

— Acho que todos os meninos da sua idade se interessam por assassinatos. — Ele sacudiu a cabeça. — Pobre moça. Era muito meiga.

— Como... como ela morreu?

— Foi apunhalada. Uma caixa com joias valiosas desapareceu. Tenho a impressão de que ela surpreendeu o ladrão.

— O assassino foi preso?

Feeney sacudiu a cabeça.

— Não.

— Sr. Feeney, há quanto tempo Jerry Davis mora aqui?

— Jerry Davis? Deixe-me pensar... Ele se mudou uma semana antes de Susan Boardman ser assassinada.

O coração de Kenji disparou.

— Disse que ele é detetive particular.

— É verdade.

— Detetives particulares envolvem-se em crimes, não é mesmo?

— Detetives particulares investigam crimes, não os cometem.

Mas alguns cometem, pensou Kenji, entusiasmado. Já tinha lido histórias policiais. Os detetives precisavam pensar como criminosos. O que significava que também eram capazes de *agir* como criminosos.

— Por que está perguntando sobre Jerry Davis?

Kenji deu de ombros.

— Nenhum motivo especial. Ele apenas parece meio misterioso.

John Feeney riu.

— De certa forma, acho que você tem razão. Ele sempre entra e sai a qualquer momento do dia ou da noite. Acho que se pode mesmo classificá-lo de misterioso.

— Não vou mais tomar seu tempo, Sr. Feeney. Sei que deve estar ocupado. Até amanhã.

— Boa noite, Kenji.

Kenji conversou de novo com John Feeney. Falaram sobre Jerry Davis.

— Acho que ele matou Susan Boardman — disse Kenji.

John Feeney ficou aturdido.

— É uma acusação muito grave, Kenji. Teria de prová-la.

— Disse que as joias nunca foram encontradas.

— É verdade.

— Então ainda podem estar no apartamento de Jerry Davis. Se as encontrássemos ali, seria a prova de que precisamos para demonstrar que foi ele o assassino.

O telefone tocou. John Feeney atendeu.

— Alô? Ah, Sra. Walton... certo. Já vou subir.

Ele desligou e disse a Kenji:

— Tenho de subir para consertar um vazamento. Fique aqui e termine seu leite. Não se esqueça de fechar a porta ao sair.

— Obrigado.

Feeney levantou-se, pegou algumas ferramentas e deixou o apartamento. Kenji olhou para a parede em que havia chaves extras penduradas. Cada chave tinha uma etiqueta com o nome de um morador. Kenji ficou olhando por um momento, depois se adiantou. Uma das etiquetas dizia "Jerry Davis".

Vocês têm de me libertar.

O coração de Kenji disparou.

— Está certo — disse ele, em voz alta —, vou pegar seu assassino.

Ele tirou a chave do gancho. A etiqueta tinha a indicação de 810. Kenji encaminhou-se para o elevador. Saltou no oitavo andar e olhou para um lado e outro. Não havia ninguém no corredor. Ele começou a andar. 808... 809... 810. Parou diante da porta. Podia ouvir as batidas do coração. *Vou entrar sem permissão no apartamento de outra pessoa*, disse a si mesmo. Parecia irreal. Era o momento de ir embora, de esquecer tudo aquilo, antes de se meter numa terrível encrenca. *Não posso esquecer*, pensou Kenji. *Tenho de fazer isso por Susan Boardman.* Ele bateu à porta e esperou. Não houve resposta. Tornou a bater e chamou:

— Sr. Davis!

Silêncio. Kenji enfiou a chave na fechadura, girou-a. A porta se abriu. Ele ficou parado ali por mais um momento, escutando, depois entrou no apartamento.

— Sr. Davis?

O apartamento estava vazio. Kenji fechou a porta, olhou ao redor. A sala era grande, mobiliada com luxo.

— De onde foi que tirou todo o dinheiro para mobiliar seu apartamento desse jeito? — indagou Kenji, em voz alta.

Sua voz ressoou pelo apartamento.

— Sei como conseguiu. Roubando.

Ele se encaminhou para o quarto.

Ainda não é tarde demais para recuar, disse a si mesmo. *Posso sair agora e esquecer tudo.* Mas Kenji sabia, no fundo do coração, que não podia fazer isso. Prometeu ajudar e estava decidido. Entrou no quarto. Havia uma cama grande, duas cômodas, uma mesa e um abajur.

As joias devem estar em algum lugar por aqui, pensou Kenji. Foi até uma das cômodas e começou a abrir as gavetas. A primeira continha camisas e cuecas, e por baixo de uma pilha de roupas havia um enorme revólver.

Oh, Deus!, pensou Kenji. *Aposto que ele usa esta arma para matar pessoas.* Apressado, Kenji fechou a gaveta e tratou de revistar as outras. Nada além de roupas. Teve a impressão de ouvir um barulho e ficou imóvel. Silêncio. O silêncio começava a deixá-lo nervoso. Esperava que Jerry Davis o surpreendesse a qualquer instante. Estremeceu. Vasculhou apressado as gavetas da outra cômoda. Também nada, só roupas.

Kenji parou no meio do quarto, olhou ao redor, tentando se colocar na mente de Jerry Davis. *Onde ele esconderia as joias?* Como se atraído por alguma força misteriosa, Kenji se descobriu andando para a porta do armário. Abriu-a. Havia meia dúzia de ternos pendurados ali. Já ia fechar a porta quando avistou uma caixa de joias na prateleira por cima dos ternos. *É isso!*, pensou Kenji, agitado. Com as mãos trêmulas, ele pegou a caixa. Começou a abri-la, e de tanta ansiedade quase a deixou cair. Pensou ter ouvido um barulho e sentiu os cabelos se arrepiarem. Havia alguém mais no apartamento? Ele ficou imóvel, esperando. Silêncio. Kenji levantou a tampa da caixa de joias, e olhou.

Lá dentro havia várias joias — pulseiras, brincos, anéis de diamantes. Tinha descoberto o assassino de Susan Boardman! Pediria ao pai para levar as joias roubadas à polícia. Seria toda a prova de que precisavam. Jerry Davis iria para a prisão.

Kenji encaminhou-se para a porta do quarto. Ao chegar à sala, ouviu a porta da frente se abrir. Jerry Davis entrou. Era tarde demais para se esconder. Jerry Davis olhou para Kenji e a caixa em suas mãos.

— Você! — gritou ele.

O rosto dele assumiu uma expressão sombria. Ele enfiou a mão no bolso, tirou uma faca comprida, de aparência mortífera.

— Não deveria se meter no que não é da sua conta. Agora, você vai morrer. — Ele avançou para Kenji, a faca levantada. — Morra!

Kenji sentou na cama abruptamente, os olhos arregalados, encharcado de suor. Havia estado sonhando. O coração batia descompassado. *Que pesadelo terrível!*, pensou Kenji.

Mas estava convencido de uma coisa: Jerry Davis era o assassino de Susan Boardman.

Os dias da semana pareciam se arrastar. Havia apenas sete dias numa semana? A impressão era de que havia cem dias, e cada dia tinha cem horas. Kenji mal podia esperar que a sexta-feira chegasse para poder interrogar o fantasma e descobrir o nome do assassino.

O que vou fazer então?, pensou Kenji. *Minha câmera! Vou tirar uma foto do fantasma e mostrar a meu pai. Assim, ele terá de acreditar em mim. Ele saberá o que fazer. Iremos juntos à polícia, e contaremos tudo.*

A segunda-feira passou... depois a terça... quarta... quinta.

E, finalmente, a sexta-feira.

— Aqui está o plano — disse Kenji a Mitsue. — Vamos nos deitar cedo e irei para seu quarto pouco antes da meia-noite. Quando o fantasma aparecer...

— Perguntaremos à moça o nome do assassino.

— Já sabemos o nome — protestou Kenji, impaciente. — É Jerry Davis. Levarei minha câmera para tirar uma foto do fantasma.

— Para quê?

— Para mostrar a papai! Não percebe? É do que precisamos para provar que o fantasma existe mesmo. Assim, papai vai nos ajudar.

— Uma ideia brilhante, Kenji!

Naquela noite aconteceu algo inesperado. O pai trouxe convidados para o jantar. Três homens que trabalhavam com ele na fábrica, acompanhados pelas esposas. As crianças ficaram horrorizadas. Kenji levou Mitsue para seu quarto.

— O que vamos fazer agora? — indagou ele.
— Já imaginou se o fantasma aparece na frente deles? Vão culpar papai, que provavelmente será despedido. E nós seremos os responsáveis por isso.

— Talvez possamos persuadi-los a sair mais cedo — sugeriu Mitsue.

Isso deu uma ideia a Kenji.

— Boa ideia, irmãzinha. Aqui está o que vamos fazer.

O jantar foi delicioso, e Keiko recebeu muitos elogios dos convidados.

— Você tem sorte, Takesh. É casado com uma excelente cozinheira.

— Sei disso — respondeu Takesh, orgulhoso. — E tenho de tomar muito cuidado para não engordar.

Terminado o jantar, foram todos para a sala de estar. Um dos convidados comentou:

— Tiveram sorte de encontrar um apartamento tão bom em Nova York.

Muito azar, pensou Kenji.

Às 11 horas, os convidados não davam o menor sinal de que pretendiam ir embora logo. As mulheres conversavam felizes sobre suas famílias e os homens falavam da fábrica. Kenji olhou para Mitsue e acenou com a cabeça. Era o sinal para iniciar a execução do plano.

Os dois começaram a bocejar de forma exagerada. Não demorou muito para que os convidados também estivessem bocejando. Kenji e Mitsue continuaram a bocejar até que todos faziam a mesma coisa, inclusive Takesh e Keiko. Um dos convidados disse:

— Acho que estou mais cansado do que imaginava. Creio que devemos partir.

Eram 11h30. Levaram bastante tempo se despedindo, e Kenji e Mitsue recearam que ainda estivessem no apartamento à meia-noite. Mas todos os convidados se retiraram quando ainda faltavam 15 minutos.

— Foi uma noite agradável — disse Takesh para a esposa. — Todos apreciaram muito sua comida.

— Obrigada — murmurou Keiko, modesta.

Ela sempre se sentia feliz quando o marido se mostrava orgulhoso de suas habilidades. Takesh virou-se para Kenji e Mitsue.

— Vocês devem estar exaustos. Passaram a noite inteira bocejando.

— Estamos mesmo, pai — respondeu Kenji.
— Vamos deitar agora.

Ele deu um beijo de boa noite no pai e na mãe. Mitsue também beijou os pais. Cada um foi para seu quarto. Takesh observou-os com uma expressão pensativa.

— Keiko, não acha que as crianças têm se comportado de uma maneira estranha?

— Não. Creio que estão muito bem.

Takesh não tinha a mesma certeza.

— Eu bem que gostaria de saber qual é o problema. Vamos deitar.

Quando faltavam 5 minutos para a meia-noite, Kenji saiu de sua cama, sem fazer barulho, entreabriu a porta do quarto para se certificar de que os pais já se haviam recolhido, depois atravessou a sala na ponta dos pés até o quarto da irmã. Levava sua câmera. Bateu de leve à porta.

— Entre — sussurrou Mitsue.

Ele abriu a porta, entrou no quarto de Mitsue, que acrescentou:

— Ela deve aparecer a qualquer momento. O que pretende fazer quando ela chegar?

— Vamos perguntar o nome de seu assassino e tirar uma foto dela, para mostrar a papai. Se vamos à polícia com uma história de fantasma, todos vão rir de nós. Mas papai fará com que nos deem atenção. Papai...

Foi nesse instante que eles ouviram. Começou como um gemido baixo. Kenji e Mitsue olharam para a porta fechada e viram, flutuando através da madeira, a moça com o vestido branco manchado de sangue. Kenji sentiu os cabelos arrepiarem.

— Ajudem-me! — disse a moça.

Kenji tentou falar, mas estava com a garganta seca. Quando finalmente conseguiu recuperar a voz, saiu estridente, como de uma garota:

— Eu... nós vamos ajudá-la.

— Quero ser livre.

A moça se aproximava da cama. Kenji e Mitsue puderam sentir que o quarto se tornava frio e úmido.

Kenji ergueu a câmera e focalizou a aparição. Tirou quatro fotos consecutivas. *Agora, tenho uma prova*, pensou ele.

— Diga-nos o nome do assaltante que a matou.

— Ele mora neste prédio.

Os cabelos de Mitsue ficaram arrepiados agora.

— Eu estava certo! — exclamou Kenji. — Seu nome é...

E foi então que eles ouviram a voz do pai:

— O que está acontecendo aí? O que vocês dois andam fazendo?

O fantasma desapareceu em pleno ar.

Kenji e Mitsue trocaram um olhar, desolados. A porta foi aberta. O pai entrou no quarto.

— O que faz aqui, Kenji? Deveria estar dormindo.

— Tem razão, papai. Estávamos apenas conversando.

— Já passa da meia-noite. Volte para sua cama.

— Pois não, senhor.

O pai saiu. Kenji se lamentou:

— Estávamos tão perto... Mais um segundo e ela nos daria o nome de Jerry Davis.

— Teremos de esperar até a próxima sexta-feira.

Kenji pensou por um momento.

— Não. Já sabemos quem é o assassino. Amanhã mandarei revelar as fotos e depois conversaremos com papai.

Mitsue ficou emocionada.

— Oh, Kenji, estou tão animada!

— Voltaremos a falar sobre isso pela manhã. Até lá, é melhor dormirmos.

Ele voltou para seu quarto. Mas nem Kenji nem Mitsue conseguiram dormir naquela noite. Amanhã seria um grande dia.

Capítulo 9

Na manhã seguinte, Mitsue perguntou a Kenji:

— Quando vai levar o filme para ser revelado?

— Logo depois do café.

Havia 24 fotos no rolo. Ele tinha tirado vinte antes, e as últimas quatro eram do fantasma.

— Vão revelá-lo hoje mesmo e esta noite teremos a prova de que precisamos para mostrar a papai.

As crianças sentiam-se tão agitadas que mal tocaram na comida.

— Não estão se sentindo bem? — perguntou a mãe.

— Eu me sinto ótimo — respondeu Kenji.

— E eu também — acrescentou Mitsue.

O pai as estudava. *Não resta a menor dúvida de que há alguma coisa errada*, pensou Takesh. *Eles nunca se comportaram dessa maneira no Japão. Deve ser algo no ar americano.* Ele decidiu que teria uma conversa com os filhos. A impressão era de que tinham algum segredo. *Ora, talvez seja um comportamento normal para crianças dessa idade.*

Depois do café da manhã, as crianças pediram licença para sair. Kenji pôs o rolo de filme no bolso e desceu com Mitsue. No saguão, depararam com Jerry Davis.

— Não é um pouco cedo para saírem, senhores?

Kenji fitou-o nos olhos.

— É, sim, senhor.

Você ficaria surpreso se soubesse o que tenho no bolso. Vai mandá-lo para a prisão.

— Tomem cuidado ao andarem pelas ruas — advertiu Jerry Davis. — Nova York pode ser uma cidade muito perigosa.

Seria um aviso? Kenji sentiu um calafrio. Lembrou do sonho, como parecia ser real, Jerry Davis avançando em sua direção com uma faca. *Não deveria se meter no que não é da sua conta.*

Talvez eu não devesse mesmo, pensou Kenji. *Mas agora é tarde demais. Vamos ajudar Susan Boardman.*

Jerry Davis foi para o elevador e Kenji e Mitsue seguiram para o laboratório fotográfico.

A loja era pequena, a seis quarteirões do prédio. Os dois se encaminharam para o funcionário por trás do balcão.

— Bom dia. Em que posso ajudá-los?

Kenji tirou o rolo de filme do bolso.

— Gostaríamos que este filme fosse revelado.

— Está certo.

O homem pegou o filme e entregou um recibo a Kenji.

— Eu gostaria que ficasse pronto esta noite.

— Lamento, mas não é possível. Não fazemos revelações para o mesmo dia.

Kenji ficou desapontado.

— Para amanhã, então.

O homem sacudiu a cabeça.

— Amanhã é domingo. Não pode ficar pronto antes da tarde de segunda-feira.

Kenji e Mitsue trocaram um olhar.

— Está certo — disse Kenji.

Tinham de se conformar com a espera. Na volta para casa, Mitsue comentou:

— Não tem importância, Kenji. Contaremos tudo a papai na segunda-feira.

Kenji detestava a perspectiva de esperar tanto tempo. A armadilha fechava-se sobre Jerry Davis e, agora que tinha sua prova, Kenji sentia-se mais impaciente do que nunca. Queria pôr o assassino atrás das grades. Teria sido uma ameaça quando Jerry Davis disse "Nova York pode ser uma cidade muito perigosa"? *Era, sim, com toda a certeza*, concluiu Kenji.

No domingo, Takesh Yamada alugou um carro e levou a família num passeio a Connecticut. Ficava a poucas horas de Manhattan, mas parecia um mundo diferente. Havia pequenas aldeias exóticas, lojas de antiguidades e tranquilas estradas rurais. Mas as árvores eram o espetáculo mais emocionante. As folhas estavam mudando de cor e as árvores pareciam em chamas. Havia folhas vermelhas, marrons e douradas e pareciam povoar o céu de arco-íris. Nem mesmo no Japão as crianças haviam visto algo tão deslumbrante.

— Chamam Connecticut de dormitório de Nova York — comentou Takesh Yamada.

Kenji olhou para o pai.

— Por quê?

— Como é muito difícil encontrar um lugar para se morar na cidade de Nova York, muitas pessoas que trabalham lá residem em Connecticut. Viajam para o trabalho de trem ou de carro.

Kenji balançou a cabeça.

— Ahn...

Almoçaram numa pequena estalagem rural e voltaram cedo para Manhattan.

— O que gostariam de fazer agora? — perguntou Takesh Yamada.

Mitsue respondeu primeiro:

— Podemos ir ao Central Park? Há um jardim zoológico lá.

— E barcos a remo — acrescentou Kenji.

— Podemos visitar o zoológico?

— Podemos passear de barco?

O pai riu.

— Calma, crianças. — Ele virou-se para a esposa: — O que você gostaria de fazer?

Keiko sorriu.

— Por que não vamos ao Central Park?

O Central Park era uma joia verde no coração de Manhattan. Não havia casas ali, apenas árvores, gramados e um lago onde se podia passear em barcos de aluguel. Havia também um jardim zoológico.

— Se esta terra pudesse ser vendida — comentou Takesh Yamada para a família —, valeria muitos bilhões de dólares. Mas o estado a mantém como um parque para as pessoas se divertirem.

— Podemos ir ao zoológico? — indagou Mitsue.

— Podemos passear de barco? — insistiu Kenji.

Como era domingo, havia muita gente no parque aproveitando o ar fresco. Passaram por um guarda uniformizado, que sorriu para a família.

— Boa tarde, pessoal.

Takesh Yamada acenou com a cabeça.

— Boa tarde. — Ele fez um gesto no ar. — O Central Park não é como eu esperava.

— E o que esperava? — perguntou o guarda.

— Imaginava que era muito perigoso. No Japão, lemos sobre pessoas sendo assaltadas e baleadas aqui. Mas agora vejo que é tudo pacífico aqui.

O guarda riu.

— É pacífico porque o sol está brilhando. Não o aconselharia a passear por aqui durante a noite. O Central Park pode ser muito perigoso.

— Ah, então as histórias são verdadeiras.

— Infelizmente. Mas há crimes em todas as grandes cidades do mundo, não é mesmo?

Takesh Yamada não podia deixar de concordar.

— Tem razão. O que é muito triste.

Foram até o zoológico.

— Acho que o zoológico de Tóquio é melhor — disse Kenji.

— Nossos elefantes são maiores.

— Mesmo assim — ressaltou Keiko —, é um excelente zoológico.

Depois do zoológico, foram até o lago. Havia uma dúzia de barcos na água, ocupados por casais românticos, conversando e rindo.

— Podemos passear de barco, papai? — perguntou Kenji.

Takesh Yamada franziu o rosto.

— Não sei... Parecem muito pequenos.

— Olhe ali... alguns barcos dão para quatro pessoas.

— É verdade, mas...

— Por favor, papai! — insistiu Kenji. — Pode deixar que eu cuidarei dos remos.

— Está bem.

Foram até a cabine em que estava o encarregado dos barcos.

— Eu gostaria de alugar um barco — disse Takesh Yamada.

— Pois não, senhor. Quanto tempo pretende demorar?

Takesh virou-se para o filho.

— Você vai remar?

— Vou, pai.

Takesh Yamada tornou a se virar para o homem.

— Cerca de quinze minutos.

— Pai!

— Estou brincando, filho. Voltaremos em uma hora.

O homem ajudou-os a embarcar, e partiram pelo lago, com Kenji remando, como tinha prometido. Ele remava depressa e com força, desviando-se dos barcos próximos.

— Não é divertido? — disse Kenji.

Takesh e Keiko tiveram de admitir que era bastante agradável.

Fazia um dia lindo e o sol faiscava na água.

— É muito relaxante — comentou o pai.

Podia ser relaxante para Takesh Yamada, mas Kenji já começava a se cansar. Não era fácil remar um barco com quatro pessoas. Ele passou a remar cada vez mais devagar.

— Quer que eu reme um pouco? — sugeriu Mitsue.

— Claro que não — Kenji não deixaria que a família percebesse como seus braços estavam cansados. — Posso remar assim durante o dia inteiro.

— Neste caso, ficaremos aqui até o escurecer — zombou o pai.

Kenji torceu para que ele estivesse brincando. Remava mais e mais lentamente. Takesh Yamada ficou com pena do filho.

— Talvez devêssemos voltar agora — propôs ele.

Kenji sentiu o maior alívio.

— Se é isso o que quer, papai...

Ele remou de volta para o atracadouro e todos desembarcaram.

— Gostaram do passeio? — perguntou o encarregado.

— Foi maravilhoso — respondeu Kenji, mal conseguindo mexer os braços.

Naquela noite, Kenji sentia-se tão exausto que mergulhou num sono profundo e não teve sonhos.

Na manhã de segunda-feira, bem cedo, as crianças partiram para a escola.

— Podemos ir buscar as fotos agora? — perguntou Mitsue.

— Não — respondeu Kenji. — Só ficarão prontas à tarde. Vamos direto para a escola.

O professor de inglês de Kenji disse:

— Hoje vamos aprender o que significa gênero. Alguém sabe?

O professor olhou para Kenji, que era o aluno mais brilhante. Mas Kenji sacudiu a cabeça. O professor correu os olhos pelo resto da turma. Não havia nenhuma mão erguida.

— Muito bem — disse ele —, gênero é sexo.

Kenji de repente sentiu seu rosto corar. Podia sentir que a garota que sempre o perseguia por toda parte o observava.

— Em inglês — continuou o professor —, temos três gêneros, masculino, feminino e neutro.

Kenji sentiu um alívio profundo. Não iam falar sobre sexo.

— Claro que todos sabemos que o masculino se aplica aos machos — disse o professor. — Os homens são do gênero masculino. As mulheres, do feminino.

— Não entendo o que é o neutro — disse Kenji.

— O neutro se aplica a uma coisa que não tem sexo. — O professor tocou na mesa com a mão. — Esta mesa, em inglês, é do gênero neutro. As cadeiras também. Ou a casa. Compreende agora?

— Ahn... sim, senhor — respondeu Kenji.

— Se falamos que um homem vai para um quarto em sua casa, devemos usar, em inglês, o pronome *his*, significando seu. No caso de uma mulher, se diz *her*. *His* e *her* devem ser sempre usados com o gênero correspondente.

— E qual é o termo certo para o neutro? — indagou Kenji.

— Para um objeto, usamos o *it*. Por exemplo, ao dizer que o chão é duro, usamos o *it*. Se queremos dizer em inglês que um livro é bom, falamos *It is a good book*. Todos entenderam?

Os alunos acenaram com a cabeça.

Foi difícil para Kenji se concentrar nas aulas naquele dia. Pensava nas fotos do fantasma, que em breve mostraria ao pai. Mal podia esperar que as aulas acabassem. Quando finalmente terminaram, ele se encontrou com Mitsue no corredor e saíram apressados. As equipes de beisebol se preparavam para uma partida. Quando Kenji se encaminhava para a rua, Clarence gritou:

— Ei, Kenji, estamos prontos para começar!

— Sinto muito, mas não posso jogar hoje — respondeu Kenji. — Tenho uma coisa muito importante a fazer.

Clarence ficou desapontado.

— Está certo. Então espero você amanhã.

— Combinado.

Kenji e Mitsue seguiram apressados para a loja. O mesmo funcionário encontrava-se por trás do balcão e sorriu ao ver as crianças.

— Chegaram bem a tempo — disse ele. — O filme de vocês acaba de chegar.

Ele entregou um envelope a Kenji, que o abriu, na maior ansiedade. Os irmãos começaram a olhar as fotos, devagar, uma a uma. A primeira tinha sido tirada diante da Estátua da Liberdade, a segunda no interior. Havia fotos do passeio na barca... lojas da Quinta Avenida... Rockefeller Center. Eram vinte fotos de passeios da família e todas perfeitas. Kenji pegou a vigésima primeira, uma foto do fantasma. O papel estava em branco. Ele passou para a foto seguinte. Também em branco. E as outras duas. Em branco. Não havia uma única foto do fantasma. Kenji e Mitsue trocaram um olhar aturdido.

— Deve ter acontecido alguma coisa com a sua câmera — disse Mitsue.

— Não — garantiu Kenji. — Não há nada de errado com a câmera...

— Está querendo dizer...

— Isso mesmo. Não é possível fotografar fantasmas.

A caminho do apartamento, Kenji e Mitsue sentiam-se muito infelizes.

— O que vamos fazer agora? — perguntou Mitsue.

— Não sei. Sem o filme, não adianta conversar com papai. Ele apenas se zangaria.

— Podemos ir à polícia — sugeriu Mitsue.

Kenji sacudiu a cabeça.

— Só nós dois? Ririam da gente. — Subitamente, seu rosto se animou. — Já sei o que podemos fazer.

— O quê?

— Conversaremos com John Feeney. Ele pode nos dar algum conselho.

— É uma excelente ideia.

Mitsue gostava de John Feeney. A simples perspectiva de conversar com ele fez com que as duas crianças se sentissem melhor.

Assim que chegaram ao prédio, Kenji foi bater à porta do zelador. John Feeney abriu-a.

— Olá, Kenji. Olá, Mitsue.

— Desculpe incomodá-lo — disse Kenji —, mas poderíamos conversar por um momento?

— Claro. Entrem. — Ele sempre tinha um sorriso simpático para as crianças. — Gostariam de leite com biscoitos?

— Não, obrigado.

— Como quiserem. Mas sentem. Vocês dois parecem muito sérios. Algum problema na escola?

— Não — respondeu Mitsue. — Nosso problema é aqui.

John Feeney franziu o rosto.

— Não estou entendendo. Há alguma coisa errada com o apartamento?

— De certa forma, senhor — disse Kenji. Seria muito difícil explicar e ele resolveu falar logo de uma vez: — Mitsue e eu temos visto um fantasma.

John Feeney se mostrou surpreso.

— Um fantasma?

— Isso mesmo — confirmou Mitsue. — No apartamento. Nós já a vimos várias vezes.

— É uma mulher?

— É, sim.

John Feeney balançou a cabeça.

— Deve ser Susan Boardman, a moça que foi assassinada no apartamento por assaltantes.

— Ela disse que não foi morta por assaltantes.

John Feeney olhou para Kenji com a maior surpresa.

— O quê?

— Ela disse que foi alguém que mora no prédio.

John Feeney levantou-se.

— Não posso acreditar. Conheço todos os moradores. Nenhum deles pode ser um assassino. — Ele se pôs a andar de um lado para o outro. — Isso é terrível. O fantasma disse quem foi?

— Vai nos dar o nome na sexta-feira.

— Ahn...

Kenji acrescentou:

— Viemos procurá-lo, Sr. Feeney, porque precisamos de um conselho. Não sabemos o que fazer. Devemos procurar a polícia?

— É uma boa ideia. — John Feeney pensou por um momento. — Mas antes vão precisar de alguma prova. Caso contrário, a polícia jamais acreditará. Disseram que ela vai revelar o nome do assassino na sexta-feira?

— Isso mesmo, senhor.

— Pois então escutem meu conselho. Acho que devem esperar até sexta-feira. Assim que souberem o nome, vou com vocês à polícia e deixaremos que cuidem do resto.

— É muita gentileza sua, senhor — disse Kenji. — Obrigado.

Ele e a irmã sentiam-se bem melhor agora. A polícia podia rir dos dois, mas não agiriam da mesma forma com John Feeney. Assim que soubessem o nome do assassino, iriam obrigá-lo a confessar. Kenji e Mitsue estavam aliviados.

Depois que as crianças se retiraram, John Feeney permaneceu sentado em seu apartamento, imóvel, por um longo tempo, pensando no que acabava de ouvir. *São crianças ótimas*, pensou ele. *É uma pena que tenha de matá-las, da mesma maneira como matei Susan Boardman.*

Capítulo 10

Ao jantar, naquela noite, Kenji e Mitsue estavam agitados demais para comer.

— O que há com vocês? — perguntou Keiko. — Não comeram nada.

— Não tenho fome — declarou Kenji.

— Nem eu — acrescentou Mitsue.

— Andaram comendo bobagens depois da escola? — indagou a mãe.

Isso não era verdade, mas era mais fácil dizer que sim do que tentar explicar que não tinham apetite por causa do fantasma.

— Foi isso — respondeu Kenji.

— Pois devem parar com isso. Não é bom para vocês.

— Obedeçam à sua mãe — interveio Takesh Yamada.

— Sim, senhor.

— Vai tudo bem na escola? — indagou o pai.

— Não temos nenhum problema, senhor.

— As crianças têm se saído muito bem — confirmou Keiko orgulhosa. — Conversei com os professores. Os dois serão adiantados em mais uma série.

— Isso me deixa muito satisfeito — disse Takesh Yamada.

Ficará ainda mais satisfeito quando souber o que Mitsue e eu estamos fazendo, pensou Kenji.

As duas crianças tiveram uma noite irrequieta. Mitsue permaneceu acordada, esperando que Susan Boardman a visitasse de novo. A meia-noite passou sem que ela aparecesse e Mitsue pegou no sono.

Pela manhã, quando desciam, o elevador parou no oitavo andar e Jerry Davis entrou. Kenji ficou gelado. Lembrou do sonho em que ele tentava matá-lo. Comprimiu-se contra a parede do elevador, tentando se manter o mais distante possível. Jerry Davis olhou para ele, espantado.

— Bom dia.

— Bom... bom dia — balbuciou Kenji.

Jerry Davis se perguntou qual seria o problema. Mitsue também parecia apavorada. Pareciam ter medo dele. As crianças comportavam-se de uma maneira muito estranha.

— Está tudo bem com vocês?

— Sim... sim, senhor — disse Kenji.

Mas nada ficará bem para você depois que contarmos tudo à polícia. Irá para a cadeia.

O elevador chegou ao térreo. John Feeney estava em seu apartamento, olhando pela janela, quando Kenji e Mitsue deixaram o prédio. *Vou liquidá-los esta noite*, pensou ele.

Na calçada, Kenji disse a Mitsue:

— Devemos tomar cuidado para não deixar o Sr. Davis perceber que sabemos que é ele o assassino. Ele pode tentar nos matar se descobrir.

— Não se preocupe — respondeu Mitsue. — John Feeney nos protegerá.

Na turma de Mitsue, estavam aprendendo os nomes de frutas e legumes. A professora havia passado pela mercearia e levado uma porção de coisas para a sala. Mostrou uma laranja.

— Em inglês, o nome desta fruta é *orange*. — Ela suspendeu uma fruta amarela comprida. — Alguém sabe o que é isto?

Uma aluna gritou:

— Uma banana!

— Certo. Tem o mesmo nome em inglês que em outras línguas.

Ela pegou uma maçã vermelha e arredondada.

— E isto?

— *Apple*.

Ela mostrou uma dúzia de frutas diferentes. Havia tangerinas, pêssegos e ameixas. Depois que as crianças gravaram os nomes de todas as frutas, ela passou para os legumes e as verduras. Suspendeu uma cenoura.

— Alguém pode me dizer o que é isto?

— *Carrot*.

— E isto? — perguntou, mostrando uma alface.

— *Lettuce*.

Todas as crianças participaram das respostas, exceto Mitsue. Ela não foi capaz de prestar atenção. Estava muito ocupada pensando no fantasma.

Kenji também tinha dificuldade para se concentrar na aula. Pensava no fantasma. *Na sexta-feira vai nos dizer que foi Jerry Davis. John Feeney irá conosco à delegacia, e os policiais vão obrigar Jerry Davis a confessar. Seremos heróis*, pensou Kenji. *Mitsue e eu vamos aparecer nos jornais e na televisão. Só que desta vez não será num ridículo programa de perguntas. Vou ser o astro principal. Os repórteres me farão uma porção de perguntas. "Não ficou com medo, Kenji?" E eu vou sorrir e responder: "Não, nem um pouco."*

Em seu apartamento, John Feeney pensava no que ia fazer. *Tenho de matar os dois*, concluiu ele. *Não tenho opção. Não posso deixar que procurem a polícia.*

Ele lembrou daquele dia terrível, seis meses antes, quando matou Susan Boardman. *Não tinha a intenção de matá-la. Foi um acidente. Mas a polícia nunca acreditaria. Nem em um milhão de anos.* Escapou impune ao assassinato e tudo correria bem se não fosse pelo fantasma. Aquele maldito fantasma! Se ao menos Kenji e Mitsue não tivessem visto... *Ela vai dizer meu nome na sexta-feira. É uma pena para as crianças. Não posso deixar que vivam até sexta-feira. Não quero correr nenhum risco. Terei de liquidá-las hoje, mas de uma maneira que ninguém desconfie de mim.*

E, subitamente, ele compreendeu o que devia fazer.

Quando Mitsue e Kenji deixaram a escola, naquela tarde, Clarence aproximou-se e disse:

— Perdemos o jogo ontem.

— Sinto muito — murmurou Kenji.

— Você vai jogar hoje?

Os pensamentos de Kenji não se voltavam para o beisebol.

— Não posso.

Clarence ficou desapontado.

— Está bem. Talvez amanhã.

— Talvez amanhã.

John Feeney já havia feito seus planos. Sabia como matar as crianças sem que ninguém desconfiasse dele. Esperava no saguão quando Kenji e Mitsue chegaram da escola.

— Boa tarde, Sr. Feeney.

— Olá, crianças. Tenho uma coisa sensacional para lhes mostrar no porão. Não vai demorar mais que um minuto.

— Está bem — disse Kenji.

Encaminharam-se para a porta que levava ao porão. Nesse instante, a Sra. Morgan, que morava no quinto andar, saiu do elevador.

— Ah, Sr. Feeney, fico contente por encontrá-lo aqui. Há um vazamento no meu banheiro. Poderia consertá-lo agora?

Feeney olhou para ela, depois para as crianças. Não sabia o que fazer.

— É melhor se apressar — insistiu a Sra. Morgan —, ou todo o apartamento acabará inundado.

— Está bem. — Ele virou-se para as crianças: — Eu lhes mostrarei em outra ocasião.

— Certo, Sr. Feeney.

As crianças subiram para seu apartamento. Feeney observou-as, pensando: *Amanhã liquidarei os dois*.

O dia seguinte era quarta-feira. John Feeney tinha esperado impaciente pelas crianças durante o dia inteiro. Desta vez não haveria interrupções. Desceria com Kenji e Mitsue para o porão e executaria seu plano.

Vigiava pela janela de seu apartamento e assim que avistou Kenji e Mitsue se aproximando do prédio tratou de sair apressado para o saguão. As crianças entraram no prédio, acompanhadas por dois colegas de Kenji.

— Olá, Sr. Feeney. O que queria nos mostrar?

Feeney olhou para os dois amigos de Kenji.

— Vejo que tem companhia. Pode esperar. Mostrarei amanhã.

Ele observou as crianças subirem no elevador e pensou: *Mais um dia não fará diferença.*

Keiko sentia a maior satisfação com o fato de as crianças trazerem os amigos para o apartamento. Proporcionava-lhe o sentimento de que estavam sendo aceitos na América. No Japão, Kenji e Mitsue tinham muitos amigos, crianças com as quais haviam crescido. Mas Keiko sabia como era difícil fazer amigos num novo país.

Quando Mitsue e Kenji entraram com os colegas, Keiko foi logo dizendo:

— Vou providenciar alguma coisa para vocês comerem. — Ela sabia que crianças sempre estavam com fome. — Preferem comida americana ou japonesa?

— Japonesa — responderam as crianças, pois seria um sabor diferente.

Ao terminarem de comer, um dos meninos comentou com Kenji:

— Clarence anda muito chateado por você não ter jogado nos últimos dias.

— Sei disso — murmurou Kenji, evasivo. — Tenho andado muito ocupado.

— Mas queremos que nosso time vença. Quando vai poder jogar?

— Dentro de poucos dias — prometeu Kenji. — Assim que eu terminar uma coisa que preciso fazer.

A mãe ouviu a conversa e ficou surpresa porque sabia o quanto o beisebol era importante para o filho. *O que poderia ser tão importante para levá-lo a abrir mão do beisebol?*, pensou ela. Era surpreendente.

John Feeney observou os amigos de Kenji deixarem o prédio. Haviam impedido que ele executasse seu plano. *Mas acabarei com eles amanhã.*

Ele esperava no saguão quando as crianças voltaram da escola, na quinta-feira. Vinham sozinhas e não havia mais ninguém no saguão. Era o momento perfeito.

— Podemos descer para o porão agora — disse John Feeney.

— Não vai ser possível, Sr. Feeney — respondeu Kenji. — Minha mãe está nos esperando.

Vamos sair para fazer compras. Vamos deixar para amanhã.

John Feeney ficou tão furioso que teve vontade de agredir Kenji, mas se controlou. Forçou um sorriso.

— Tudo bem. Eu lhes mostrarei amanhã.

O dia seguinte era sexta-feira. *Será o último dia das crianças.*

Na manhã de sexta-feira, a caminho da escola, Kenji disse a Mitsue:

— Compreende que esta noite Susan vai nos revelar o nome de seu assassino? E vamos procurar a polícia com o Sr. Feeney.

— Sei disso — respondeu Mitsue. — Não acha emocionante? Está com medo, Kenji?

— Não, claro que não. — Ele olhou para a irmã. — Você nunca apareceu na televisão.

— Como?

Era uma coisa estranha para se dizer naquele momento.

Pois vai aparecer, pensou Kenji, feliz. *Vai aparecer.*

Quando chegaram ao prédio, naquela tarde, encontraram John Feeney à espera.

— Boa tarde, Sr. Feeney.

— Boa tarde, crianças.

Feeney olhou ao redor. Não havia mais ninguém no saguão. Era o momento de agir.

— Gostariam de descer ao porão para ver minha surpresa?

— Claro — respondeu Kenji.

— Pois então vamos logo.

Ele foi até a porta que dava acesso ao porão. Tirou uma chave do bolso e destrancou-a.

— Nunca estivemos no porão antes — comentou Kenji.

— É um lugar fascinante, com as caldeiras, todo o sistema de aquecimento, além de armários em que guardamos uma porção de coisas. — Feeney acendeu a luz. — Vamos embora.

As crianças começaram a descer os degraus. Não perceberam que Feeney tinha fechado a porta do porão. Não queria ser interrompido. Lá embaixo, as crianças pararam, olharam ao redor.

— É bem grande, não é? — disse Kenji.

— É, sim.

O porão era todo de concreto. Ninguém ouviria os gritos.

— O que queria nos mostrar? — perguntou Kenji.

— Está ali.

John Feeney levou as crianças para um dos reservados com grades de ferro onde eram guardadas as malas e outros pertences dos moradores. Tirou outra chave do bolso e abriu a porta.

— Aqui dentro.

Kenji e Mitsue entraram. Feeney disse a Kenji:

— Vou mostrar um pequeno truque de mágica. — Ele pegou um pedaço de corda que deixara ali. — Ponha as mãos nas costas. Vou amarrá-las com esta corda e verá como poderá se livrar com facilidade.

Kenji achou que era uma brincadeira tola mas não queria ofender o amigo. Estendeu as mãos para trás e sentiu a corda apertar seus pulsos.

— Está muito apertado — disse ele.

John Feeney sorriu.

— Vai parecer apertado só por pouco tempo e depois mostro como se livrar da corda.

Ele virou-se para Mitsue.

— Também tenho uma corda para você.

Mitsue não gostou da brincadeira.

— Não quero brincar. Eu...

— Ora, vamos... garanto que vai gostar.

— Participe — incitou Kenji.

— Está bem.

Mitsue deixou que John Feeney lhe amarrasse as mãos nas costas.

— A corda está me machucando — protestou ela. — Ficou muito apertada.

Kenji tentava se livrar da corda.

— Como fazemos para nos soltar? — indagou ele.

O sorriso de John Feeney desapareceu.

— Não vão se soltar. — Ele empurrou Kenji para o chão e depois Mitsue. — Ficarão aqui mesmo.

Kenji o fitou, incrédulo.

— Mas o que está fazendo?

— Ensinando uma pequena lição para não serem tão bisbilhoteiros.

Mitsue gritou.

— Pode gritar à vontade. Ninguém vai ouvir, ninguém vai descer para ajudá-los.

E a verdade atingiu Kenji como um raio.

— Você é o assassino!

— Cale-se!

— Confiamos em você...

— Mandei se calar!

Ele deu um tapa em Kenji com toda força.

— Não bata no meu irmão! — berrou Mitsue.

Tudo o que estava acontecendo parecia um pesadelo só que era real.

— Não vai conseguir escapar — disse Kenji.

— Meus pais virão nos procurar.

Mas John Feeney tinha planejado tudo com o maior cuidado.

— Claro que vão procurá-los, mas não virão aqui, pois vou dizer, quando me perguntarem, que vocês não voltaram para casa depois das aulas. Desapareceram em algum lugar do caminho.

— Mas quando não voltarmos...

— Todos pensarão que foram sequestrados.

Mitsue começou a chorar.

— Por favor, deixe-nos ir embora...

Mas John Feeney não tinha a menor intenção de soltá-los. Naquela noite, quando tudo se tornasse quieto, voltaria para buscar as crianças. Seus corpos seriam encontrados no East River.

— Prometo que não contaremos a ninguém se nos soltar! — soluçou Mitsue.

John Feeney sorriu, um sorriso frio e cruel.

— Sei disso. Nunca poderão contar a ninguém.

Capítulo 11

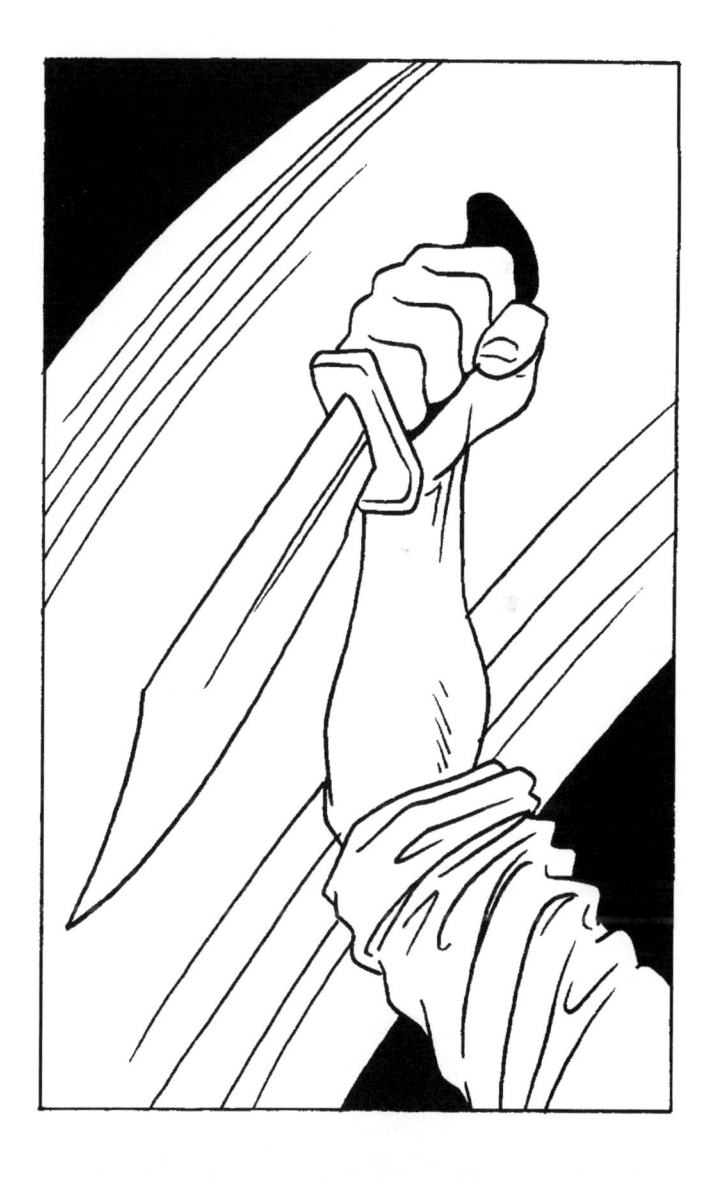

Quando Kenji e Mitsue não apareceram em casa às 5 horas, a mãe não se preocupou. *Devem ter ido visitar amigos*, pensou Keiko. Mas quando deram as 6 horas, sem que as crianças chegassem, ela começou a ficar preocupada. Takesh veio da fábrica e foi logo perguntando:

— Onde estão as crianças?

— Não sei — respondeu Keiko.

Takesh franziu o rosto.

— Se sabiam que iam demorar tanto, deveriam ter telefonado para você.

— Saí para fazer algumas compras — informou Keiko. — Talvez tenham voltado enquanto eu estava fora e tornaram a sair.

Takesh acenou com a cabeça.

— Deve ter sido isso. Vou falar com John Feeney. Ele deve ter visto as crianças.

Takesh desceu no elevador até o térreo. Atravessou o saguão, bateu à porta do zelador. John Feeney abriu-a.

— Boa noite, Sr. Yamada.

— Boa noite. Viu Kenji e Mitsue?

— Eu os vi esta manhã, quando saíram para a escola.

— Quero saber depois disso. Viu quando voltaram para casa?

John Feeney sacudiu a cabeça.

— Não. Passei o tempo todo no saguão e os teria visto se tivessem voltado.

Takesh Yamada começou a se sentir alarmado.

— Está querendo dizer que eles não voltaram da escola?

— Isso mesmo.

Takesh Yamada pensou por um momento.

— Kenji provavelmente ainda está na escola, jogando beisebol. Vou buscá-lo.

Ele tornou a subir para tranquilizar a esposa.

— Não há com que se preocupar, Keiko. Tenho certeza que Kenji ficou jogando beisebol depois das aulas e esqueceu a hora. Vou buscá-lo.

— Vou com você.

— Não. Fique esperando aqui, para o caso de as crianças voltarem antes.

Takesh Yamada seguiu a pé até a escola. Tinha certeza que encontraria Kenji ali. *Ele terá de ser punido*, pensou. *Precisa aprender a não ser tão irresponsável. Não pode deixar a mãe preocupada desse jeito.* Ele não queria admitir nem para si mesmo que também estava preocupado.

Ao chegar à escola, Takesh Yamada viu que havia de fato vários meninos jogando beisebol. Correu os olhos pelo campo mas não avistou Kenji. Aproximou-se de um dos jogadores.

— Com licença — disse ele. — Estou procurando por Kenji Yamada.

— Não vimos Kenji por aqui — respondeu o menino.

— Obrigado. Neste caso, ele ainda deve estar numa das salas de aula.

Takesh Yamada entrou no prédio da escola. As aulas já haviam terminado e o prédio se encontrava quase deserto. Uma professora aproximou-se.

— Com licença — disse Takesh Yamada. — Estou procurando por meu filho e minha filha. São alunos aqui.

— Não devem estar mais aqui — explicou a professora. — As salas de aula já foram fechadas. Todos os alunos saíram.

O pai ficou aturdido.

— Eles não estão aqui?

— Não. O prédio está vazio. Sou a última pessoa a sair.

Takesh Yamada sentiu um calafrio. Onde estariam as crianças? Ele virou-se, deixou o prédio e foi andando devagar, de volta para casa, pensando no problema. As crianças haviam saído da escola mas não tinham chegado em casa. Kenji e Mitsue teriam avisado à mãe se planejassem ficar fora até tarde. Nunca tinham feito aquilo antes. A preocupação era cada vez maior.

Ao chegar ao prédio onde morava ele foi bater de novo na porta de John Feeney, que a abriu no mesmo instante.

— Encontrou seus filhos?

— Não, Sr. Feeney. Não estavam na escola. Tem certeza de que os teria visto se eles tivessem voltado?

John Feeney acenou com a cabeça.

— Certeza absoluta. Não poderiam entrar sem que eu os visse.

— Ahn...

— Talvez tenham ido visitar um amigo — sugeriu John Feeney.

Takesh Yamada sacudiu a cabeça.

— Não. Teriam avisado à mãe. Não sei o que fazer.

— Ora, não precisa se preocupar. Sabe como são as crianças.

— Meus filhos são diferentes — garantiu, com toda dignidade.

— Tenho certeza que eles acabarão aparecendo.

— É bem provável. Vou subir e esperar.

Deram 7 horas, depois 8 horas. Takesh e Keiko não podiam suportar por mais tempo.

— Aconteceu alguma coisa com as crianças — declarou Keiko. — Posso sentir lá no fundo. Devemos procurar a polícia.

Takesh Yamada concordou.

— As crianças nunca ficariam fora de casa até tão tarde sem nos avisar. Iremos juntos à polícia.

Quinze minutos depois, o casal Yamada estava sentado na sala do tenente Brown, na delegacia.

— Em que posso ajudá-los? — perguntou o tenente Brown.

— Nossos filhos desapareceram — explicou Keiko. — Devem procurá-los para nós.

O tenente Brown pegou uma caneta.

— Seus nomes?

— Minha filha se chama Mitsue Yamada. Meu filho se chama Kenji.

— Como se soletra?

— K-e-n-j-i.

— Quantos anos eles têm?

— Mitsue tem 11 anos, e Kenji 14.

— Há quanto tempo estão desaparecidos?

— Cerca de três horas — respondeu Takesh.

O tenente Brown ergueu a cabeça para fitá-los, largou a caneta.

— Lamento, mas não posso ajudá-los.

— Como assim?

O tenente Brown suspirou.

— Uma ausência de três horas não significa que estão desaparecidos. Podem ter ido visitar amigos ou foram a um cinema, ou resolveram fazer uma dúzia de outras coisas que as crianças costumam fazer. Estejam certos de que voltarão em breve.

Takesh Yamada protestou, com toda sua dignidade:

— Não conhece nossos filhos. Sempre chegam em casa na hora marcada. Estou lhe dizendo que alguma coisa aconteceu com eles.

O tenente Brown sacudiu a cabeça.

— Continuo a achar que estão se preocupando sem motivo.

— Estamos nos preocupando por nossos filhos — insistiu Keiko, à beira das lágrimas.

— Você é a polícia — disse Takesh. — Queremos que encontre nossos filhos.

— Não há nada que eu possa fazer — explicou o tenente Brown. — Não se pode fazer um registro de pessoa desaparecida antes de 24 horas.

— Não entendi — disse Keiko. — O que isso significa?

— Significa que uma pessoa deve estar ausente há um dia inteiro antes de ser considerada desaparecida. Se não fosse assim, teríamos de procurar cada marido que resolve parar num bar a caminho de casa. Gostaria de ajudá-los mas não posso. Devem esperar 24 horas, depois voltem para fazer o registro.

Keiko estava exaltada.

— Mas tenho o pressentimento de que as crianças correm um perigo terrível!

Takesh Yamada acrescentou:

— Saíram da escola mas não chegaram em casa.

Procurando tranquilizá-los, o tenente Brown disse:

— Não se aflijam. Aposto que encontrarão seus filhos em casa quando voltarem. Podem fazer o favor de me telefonarem para avisar? Vou me sentir melhor sabendo que está tudo bem. Também tenho filhos.

Takesh e Keiko se levantaram. Não havia mais nada que pudessem dizer ao tenente.

— Está certo, tenente. Obrigado.

A caminho de casa, Takesh Yamada disse:

— Talvez ele esteja certo. Talvez encontremos Kenji e Mitsue à nossa espera em casa.

Mas Keiko sabia, no fundo do coração, que isso não aconteceria. Tinha um terrível pressentimento de que algo pavoroso tinha acontecido com as crianças.

No porão do prédio, Kenji e Mitsue tentavam freneticamente se livrar das cordas. Era inútil. Tinham as mãos amarradas às costas e se encontravam trancados num compartimento com grades de ferro, no porão; e ninguém ouviria seus gritos.

— Por que ele está fazendo isso conosco? — perguntou Mitsue.

Kenji não respondeu. Sabia o motivo. John Feeney assassinara Susan Boardman e receava que o fantasma revelasse seu nome. *E como nós somos as únicas testemunhas*, pensou Kenji, *ele tem de nos matar também*. Mas Kenji não disse isso à irmã. Não queria assustá-la mais do que ela já estava. *De algum modo, vou tirar nós dois desta situação*, pensou ele. E tornou a lutar contra a corda, mas só conseguiu fazer com que cortasse seus pulsos ainda mais.

— Será que é uma brincadeira com a gente? — sugeriu Mitsue. — Talvez ele queira apenas nos assustar e depois nos soltará.

— É possível — concordou Kenji.

Mas ele sabia que não era isso. *A menos que eu dê um jeito de nos livrar*, pensou Kenji, *vamos morrer*.

Em seu apartamento, John Feeney fazia planos para se livrar das crianças. *Vou esperar até que todos no prédio estejam dormindo, e depois desço para o porão.* Ele foi pegar numa gaveta a faca comprida e afiada com que matara Susan Boardman. *Usarei isto nas crianças. Levarei os corpos na mala do meu carro e os jogarei no East River. Ninguém jamais saberá o que aconteceu.*

John Feeney não teve a intenção de matar Susan Boardman. Tudo aconteceu por causa das joias. Num aniversário de casamento, o Sr. Boardman dera à esposa um lindo colar e brincos de diamantes. Uma noite, ao sair para uma festa, ela mostrou as joias a John Feeney.

— Não são lindas? — disse a Sra. Boardman.
— São adoráveis.

Mas John Feeney estava pensando: *Devem valer no mínimo cem mil dólares. Se eu pudesse me apossar de joias assim, poderia vendê-las e teria o suficiente para me sustentar pelo resto da vida. Poderia ir para as ilhas dos Mares do Sul e viver como um rei.*

John Feeney não conseguia tirar a ideia da cabeça. Não era justo que os Boardmans fossem tão ricos enquanto ele era pobre, trabalhando por um mísero salário. *Não seria difícil roubar aquelas joias*, pensou. *Eu poderia fazê-lo quando eles estivessem fora.* Feeney conhecia muito bem o apartamento dos Boardmans. Já estivera lá muitas vezes para consertar coisas. Sabia que a Sra. Boardman guardava as joias numa caixa que deixava na cômoda. O que começou como um pensamento vago acabou se tornando uma obsessão. John Feeney decidiu que roubaria aquelas joias de qualquer maneira e planejou para que ninguém desconfiasse dele.

Toda noite de sexta-feira, o Sr. e a Sra. Boardman levavam a filha, Susan, para jantar fora e depois iam ao cinema. O apartamento ficava vazio. Naquela sexta-feira, Feeney esperou até os Boardmans saírem. Sabia que a Sra. Boardman não iria ao cinema com as joias.

Pegou uma faca afiada para arrombar a caixa de joias. Deu uma espiada no saguão, para se certificar de que estava vazio, e subiu no elevador até o 13º andar. Não havia ninguém ali. Tinha uma chave do apartamento e poderia entrar com a maior facilidade, mas queria dar a impressão de um assalto, para que ninguém desconfiasse dele. Por isso, usou a faca para arrombar a fechadura da porta. Entrou no apartamento. Sabia exatamente onde encontrar as joias. Levaria apenas alguns minutos e voltaria a seu apartamento com uma fortuna nas mãos. Atravessou a sala até o quarto. Lá estava a caixa de joias, no lugar de sempre. Ele a pegou. Era mais pesada do que imaginara. Arrombou-a com a faca. Lá dentro, havia não apenas o colar e os brincos de diamantes, mas também pulseiras e anéis. *Estou rico*, pensou John Feeney.

Com a caixa de joias na mão, ele se virou para ir embora... e deparou com Susan Boardman. Ela usava um vestido branco, e Feeney ficou aturdido.

— O que está fazendo aqui? — indagou ele.
— Deveria ter ido ao cinema com seus pais.

— Não me sentia bem e por isso resolvi voltar para casa. Mas o que *você* faz aqui?

Ele pensou depressa.

— Vim consertar um dos canos.

Susan olhou para a caixa de joias da mãe nas mãos de Feeney.

— São as joias da minha mãe! Você as está roubando!

— Não é bem assim...

— Socorro! — gritou Susan.

John Feeney perdeu a cabeça. Avançou para Susan, tencionando tapar-lhe a boca, fazer com que se calasse.

— Vou contar a meu pai!

Feeney sabia que seria preso. Precisava silenciá-la. E sem compreender o que fazia, cravou a faca em Susan e viu o sangue aparecer na frente do vestido.

Oh, Deus!, pensou ele. *O que fiz?*

Ele a observou cair no chão, a vida se esvair.

Não devo entrar em pânico, pensou Feeney. *Não há a menor possibilidade de me ligarem ao crime. A polícia pensará que um ladrão arrombou o apartamento, pegou as joias, foi surpreendido pela moça e a matou.*

Tudo saíra exatamente como John Feeney havia planejado. Por causa da porta arrombada, a polícia concluiu que fora um assaltante, surpreendido em flagrante por Susan Boardman. Feeney escondeu as joias em seu apartamento e ninguém jamais havia suspeitado dele. Permaneceu no emprego porque sabia que a polícia ficaria desconfiada se o largasse logo em seguida. Os Boardmans se mudaram, encarregando Feeney de alugar o apartamento. Dois casais haviam morado ali por breves períodos mas não demoraram a ir embora, queixando-se da presença de fantasmas. *Que gente mais estúpida!*, pensara Feeney. *Fantasmas não existem.*

John Feeney olhou para o relógio. Faltavam 15 minutos para a meia-noite. Todos no prédio já deviam estar dormindo. Era hora de se livrar das crianças. Pôs no bolso a faca comprida e afiada e se encaminhou para o porão.

Lá embaixo, Mitsue e Kenji estavam apavorados.

— Ele vai nos matar — balbuciou Mitsue. — Tenho certeza.

Kenji sabia que a irmã tinha razão. Debateu-se mais uma vez contra a corda que lhe prendia as mãos mas não conseguiu afrouxá-la. Ouviu a porta do porão ser aberta e olhou para cima. John Feeney descia a escada. O coração de Kenji disparou. John Feeney chegou lá embaixo, avançou para as crianças.

Detesto fazer isso, pensou Feeney, *mas é a vida deles ou a minha. Depois que tudo acabar, nada me impedirá de ir para uma ilha nos Mares do Sul e viver como um rei.* Ele abriu a porta do compartimento onde tinha trancado as crianças.

— O que vai fazer com a gente? — perguntou Kenji.

— Tenho de matar vocês dois.

Era inacreditável. Parecia um terrível pesadelo, só que era real. Estavam prestes a ser assassinados. Feeney parou diante deles com uma enorme faca na mão e disse:

— Fechem os olhos.

Já podiam ver a faca começando a cortar seus corpos desamparados e não havia nada que pudessem fazer. Absolutamente nada.

Nesse momento todos ouviram um gemido alto. Parecia vir do alto da escada. Feeney virou-se para olhar. Uma aparição de vestido branco, com uma mancha vermelha na frente, flutuava pelo ar, em sua direção. John Feeney ficou paralisado. Era Susan Boardman.

— Não! — gritou ele. — Você está morta!

Ele se apressou em fechar a porta de barras de ferro do compartimento, a fim de mantê-la de fora.

— Vá embora! — berrou Feeney. — Vá embora!

A aparição passou pelas barras, e Feeney descobriu-se envolto por uma nuvem branca que o sufocava. Não conseguia respirar.

— Pare com isso! — berrou ele.

A última coisa de que John Feeney teve consciência foi dos olhos mortos de Susan Boardman fixos nos seus. Sentiu o cérebro explodir.

E depois não houve mais nada.

Poucos momentos antes, Jerry Davis chegara de uma festa à meia-noite em ponto. Ao se encaminhar para o elevador, avistou uma coisa incrível. Uma aparição branca flutuava indo na direção da porta de acesso ao porão.

É o fantasma de Susan Boardman, pensou ele, incrédulo. Observou o fantasma passar pela porta fechada. Jerry Davis correu até lá, abriu a porta. Acendeu a luz.

Não havia sinal do fantasma. Ele desceu a escada apressado e parou de repente, aturdido. O corpo de John Feeney estava caído dentro de um dos compartimentos fechados. Perto dele se encontravam Kenji e Mitsue, com as mãos amarradas nas costas. Jerry Davis abriu a porta do compartimento, pegou a faca no chão e cortou as cordas que prendiam as crianças. Mitsue chorava, e Kenji fazia um bravo esforço para não chorar. Jerry Davis virou-se para examinar John Feeney.

— Ele está morto — anunciou Jerry Davis. — Gostaria de saber o que o matou.

— Foi Susan Boardman — respondeu Kenji.

Capítulo 12

Kenji e Mitsue nunca haviam testemunhado tanta agitação. O apartamento parecia fervilhar de policiais e repórteres. Havia mais de uma dúzia de pessoas ali, fazendo perguntas e anotações, enquanto fotógrafos batiam fotos dos dois.

Tudo começou quando Jerry Davis os libertou no porão.

— Vocês estão bem? — perguntou ele.

— Agora estamos — disse Kenji, olhando em seguida para o corpo de John Feeney. — Ele ia nos matar.

— Por que ele queria matá-los?

— Porque sabíamos que ele assassinou Susan Boardman.

— Santo Deus! — Jerry Davis não podia acreditar. Lembrou de repente a maneira estranha com que as crianças vinham se comportando em sua presença. — Aposto que pensavam que era eu o assassino.

Kenji murmurou, constrangido:

— Sinto muito, mas foi mesmo o que pensamos.

— Vamos sair daqui — disse Jerry Davis. — Seus pais devem estar na maior preocupação.

Quando as crianças entraram no apartamento, Keiko soltou um grito de alegria. Correu para abraçá-las.

— Onde vocês estavam? — perguntou ela.

— O que aconteceu? — disse o pai. — Já estivemos até na polícia.

— John Feeney tentou nos matar — informou Kenji.

Takesh Yamada balançou a cabeça.

— Não deve inventar histórias assim, filho. Se você e Mitsue foram a um cinema ou saíram com amigos devem nos contar a verdade. Não vamos castigá-los desta vez.

— As crianças estão dizendo a verdade — declarou Jerry Davis. — John Feeney tentou mesmo matá-las.

Takesh e Keiko Yamada o fitaram, espantados.

— Mas por que ele faria isso?

— É uma história comprida — disse Jerry Davis. — Mas antes de contá-la precisamos chamar a polícia. Posso usar seu telefone?

— Claro.

Todos observaram-no ir até o telefone e discar 911, o número de emergência.

— Boa noite. Quero comunicar...

Ele hesitou. Já ia dizer um assassinato, mas depois pensou: *Se um fantasma mata alguém, isso é assassinato?* A voz no outro lado da linha o pressionou:

— O que deseja comunicar?

— Uma morte — respondeu Jerry Davis, chegando à conclusão de que era melhor deixar a polícia decidir se havia sido um assassinato.

— A pessoa morreu de causas naturais?

Se assim fosse, o caso seria cuidado por outro departamento. Jerry Davis tornou a hesitar.

— Não... acho que não.

— Está certo. Mandaremos alguém investigar. Qual é o endereço?

Jerry Davis forneceu o endereço e o número do apartamento dos Yamadas, desligando em seguida.

— A polícia deve chegar em poucos minutos.

Takesh Yamada indagou:

— Quem morreu?

— John Feeney.

— Não estou entendendo nada — disse Takesh. — Mas não importa. Só me interessa saber que meus filhos estão sãos e salvos.

Dois detetives chegaram 10 minutos depois.

— Sou o detetive Lewis e este é o detetive Cagney. Alguém comunicou uma morte.

— Isso mesmo — respondeu Jerry Davis. — O corpo do homem está no porão.

— Tem alguma ideia da causa da morte? — perguntou o detetive Lewis.

— Um fantasma o matou — disse Kenji.

Todos se viraram para ele. O detetive Cagney protestou:

— Escute, garoto, estamos muito ocupados para brincadeiras.

— É verdade — interveio Jerry Davis. — Ele foi morto por um fantasma.

Os dois detetives trocaram um olhar, e Cagney murmurou:

— Acho que viemos nos meter num hospício.

O médico-legista concluiu o exame do cadáver de John Feeney e levantou os olhos.

— O que foi? — perguntou o detetive Cagney. — Infarto fulminante?

O médico-legista balançou a cabeça.

— Este homem morreu de susto. Seu coração parou por causa de algum choque terrível.

— Foi o fantasma — garantiu Kenji.

O detetive Lewis virou-se para as duas crianças e Jerry Davis.

— Deixem-me ver se entendi direito. Vocês três juram que viram um fantasma descer até aqui e sufocá-lo.

— Isso mesmo — disse Mitsue.

— Eu estava no saguão quando o fantasma passou pela porta do porão — explicou Jerry Davis. — Cheguei bem a tempo de ver o que aconteceu.

O detetive Lewis coçou a cabeça.

— É a coisa mais estranha que já ouvi. O que escrevo em meu relatório? Que ele foi morto por um fantasma? Ririam de mim na delegacia. Tenho de registrar que foi um infarto.

— Se fizer isso, estará cometendo um grande erro — insistiu Jerry Davis. — Uma moça foi assassinada neste prédio há seis meses. Seu nome era Susan Boardman. A porta do apartamento foi arrombada e a polícia achou que ela tinha sido morta por um assaltante. — Ele virou-se para Kenji: — Conte o resto.

— Quando nos mudamos para o apartamento e minha irmã disse que tinha visto um fantasma, eu desatei a rir porque não acreditava em fantasmas — relatou Kenji. — Mas depois também vi o fantasma. Era de uma moça, e ela nos contou que não podia partir até que alguém pegasse seu assassino. Tentamos fotografá-la, mas não saiu nada no filme. Pedimos ajuda a John Feeney e o informamos de que o fantasma nos revelaria o nome do assassino esta noite. Não sabíamos que Feeney era o assassino. Ele nos atraiu ao porão, amarrou nossas mãos e nos trancou. Ia voltar mais tarde para nos matar para que não pudéssemos denunciá-lo.

Os dois detetives escutavam atentamente, muito interessados na história. Kenji acrescentou:

— Tínhamos perguntado pelas joias e ele nos disse que nunca haviam sido recuperadas. Aposto que vão encontrá-las em seu apartamento.

— É a história mais estranha que já ouvi, mas temos de verificar. — O detetive Cagney virou-se para o companheiro: — Vamos revistar o apartamento.

Levaram quase uma hora para encontrar a caixa de joias. Estava escondida sob uma tábua solta no assoalho, coberta por um tapete.

— Eu sabia que a encontrariam! — exclamou Kenji, triunfante.

— Eu nunca poderia acreditar — murmurou o detetive Lewis. — Um fantasma!

Depois disso, as coisas se tornaram ainda mais emocionantes. Mais detetives chegaram, assim como repórteres de jornais e equipes de televisão. As crianças foram entrevistadas várias vezes. Finalmente, o pai resolveu pôr um ponto final, declarando:

— São 2 horas da madrugada. As crianças devem ir para a cama.

— Tem razão — concordou o detetive Lewis, virando-se em seguida para Kenji e Mitsue: — Vocês nos ajudaram a desvendar um assassinato. Estamos profundamente gratos. Só lamento que suas vidas tenham corrido perigo.

De volta ao apartamento, Mitsue perguntou a Kenji:

— Nossas vidas correram perigo, não é?

— Claro — respondeu o irmão. — John Feeney ia nos matar. E fomos salvos por Susan Boardman.

— Eu gostaria de poder agradecer a ela.

Kenji sacudiu a cabeça.

— Ela se foi, Mitsue. Nós a libertamos. Nunca mais tornaremos a vê-la.

— Acha que ela sabe o quanto lhe somos gratos?

Kenji acenou com a cabeça.

— Tenho certeza que sim.

— Já chega de conversa — interveio o pai, gentilmente. — Tratem de dormir agora.

Dormir? Mas que piada! Nenhum dos dois dormiu naquela noite. Ficaram o tempo todo lembrando do terrível perigo por que haviam passado.

Agora que a polícia havia esclarecido o mistério da morte de Susan Boardman, a família Yamada pensava que toda a agitação iria terminar. Na verdade, porém, estava apenas começando. Duas crianças e um fantasma solucionando um crime misterioso era uma história irresistível para a imprensa. Quando as crianças se levantaram para o café na manhã seguinte, havia meia dúzia de repórteres esperando para entrevistá-las.

— Vocês viram mesmo esse fantasma?

— Claro — respondeu Kenji.

— E o fantasma da moça falou com vocês?

— Isso mesmo — confirmou Mitsue.

— E ela disse que ia revelar o nome do seu assassino?

— Disse — garantiu Kenji.

E as perguntas continuaram.

Câmeras de televisão focalizaram as crianças.

— O departamento de polícia agradeceu-lhes a ajuda no esclarecimento do assassinato. Como se sentem em relação a isso?

Que pergunta mais idiota!, pensou Kenji. Ele olhou para a câmera e declarou:

— Minha irmã e eu nos sentimos muito felizes por podermos ajudar.

— Tiveram medo?

— Tivemos — respondeu Mitsue.

— Não. — Kenji olhou para a irmã. — Isto é, fiquei um pouco assustado em alguns momentos.

— Já chega — interrompeu Takesh Yamada. — Não quero que as crianças cheguem atrasadas na escola.

Na escola, Kenji e Mitsue foram tratados como heróis. A história saíra na primeira página de todos os jornais, contando como as crianças haviam sido corajosas e espertas.

Quando Kenji entrou em sua sala, o professor e os colegas aplaudiram. Ele corou.

— Todos nos sentimos contentes por você estar bem — disse o professor. — Escapou por um triz.

Kenji lembrou da faca sinistra na mão de John Feeney e estremeceu. Era verdade, haviam escapado por um triz. Estava satisfeito por tudo haver terminado. Agora que o fantasma tinha ido embora, podia se concentrar nos estudos e no beisebol. Clarence ficaria contente por tê-lo de volta no time.

Em sua sala, Mitsue recebeu o mesmo tratamento. Os colegas haviam lido a notícia nos jornais, visto Kenji e Mitsue na televisão. Mitsue também estava contente por toda a confusão haver terminado. Queria voltar a levar uma vida normal.

Na fábrica, Takesh Yamada era o centro das atenções. Todos o procuraram para falar sobre o que acontecera.

— Havia mesmo um fantasma?

Ele confirmou com um aceno de cabeça.

— Tudo indica que sim.

— Seus filhos são heróis.

— Meus filhos sempre foram heróis — declarou Takesh Yamada, orgulhoso.

As perguntas eram intermináveis, e Takesh foi se refugiar em sua sala, onde podia ficar sozinho. *Toda essa atenção e publicidade acabarão em mais um ou dois dias*, pensou ele. *Poderemos então voltar a ter uma vida normal.*

Mas ele estava enganado.

A história espantosa de Kenji, Mitsue e o fantasma continuou a crescer. As crianças e um desenho do fantasma apareceram na capa da revista *Time*. Começaram a produzir um especial de televisão baseado nos acontecimentos. Um estúdio de Hollywood procurou Takesh Yamada, querendo comprar os direitos para um filme. Repórteres de revistas não paravam de telefonar, solicitando entrevistas.

E a publicidade era cada vez maior. As crianças foram convidadas a participar de programas de entrevista na televisão e até de um programa sobre fantasmas.

— Já chega — decidiu Takesh Yamada. — Isto tem de parar.

A verdade é que Takesh Yamada sentia-se bastante abalado com a ideia de um fantasma vivendo no apartamento. Deixava-o nervoso.

Uma noite, ao jantar, ele anunciou para a família:

— Vamos nos mudar.

Todos se mostraram surpresos.

— Como?

— Isso mesmo que vocês ouviram. Para ser franco, a ideia de morar num apartamento com um fantasma me deixa nervoso.

— Mas ela já foi embora, papai — disse Mitsue. — Não há mais fantasmas aqui.

— Ela pode voltar — insistiu o pai, obstinado. — Há uma semana que não consigo dormir direito. — Ele fez uma pausa, estremecendo. — Não posso mais continuar aqui. — Ele virou-se para Keiko: — Vamos nos mudar. Quero que procure outro apartamento para nós amanhã.

Keiko acenou com a cabeça. Queria o marido feliz.

— Está bem, Takesh.

Nada que as crianças dissessem poderia dissuadir o pai.

No dia seguinte, enquanto as crianças estavam na escola, Keiko saiu de novo à procura de um apartamento, com a seção de classificados do *New York Times*. Percorreu toda a Manhattan, na zona oeste e na zona leste, na zona norte e na zona sul. Não encontrou nenhum apartamento que pudesse se comparar com aquele onde moravam. Mas Keiko sabia que o marido tomara sua decisão. Por isso, continuou a procurar.

Ao fim de cinco dias, ela acabou encontrando um apartamento apropriado. Não tão bom quanto o outro, era mais caro, mas pelo menos viveriam ali com algum conforto.

Quando Takesh Yamada voltou da fábrica naquela noite, Keiko lhe disse:

— Encontrei um apartamento.

— Ótimo. — Takesh Yamada sentia-se bastante aliviado. — Quando podemos nos mudar?

— Amanhã.

— Excelente.

A família Yamada mudou-se no dia seguinte.

Ao entrar no novo apartamento, Mitsue comentou:

— Não é tão ruim quanto eu pensava. Terei um quarto grande só para mim.

Kenji entrou em seu quarto e disse:

— Não é tão ruim assim. Pode não ter uma vista do parque, mas isso não é importante.

Takesh disse a Keiko:

— Fez um bom trabalho. Agora, finalmente, podemos dormir em paz.

Foram jantar fora naquela noite.

— Farei o jantar amanhã — prometeu Keiko. — Mas primeiro terei de fazer algumas compras.

— Não se preocupe com isso — disse Takesh. — Se quiser, podemos jantar fora de novo amanhã.

A mudança o deixou na maior satisfação. Depois do jantar, a família voltou para o novo apartamento.

— Todos vamos dormir bem esta noite — garantiu Takesh Yamada.

Ele e Keiko se retiraram para seu quarto e as crianças também foram se deitar.

Kenji não adormeceu no mesmo instante. Pensou nos programas de televisão em que estivera, nas reportagens nos jornais, como havia sido tratado como um herói pelos colegas na escola.

Mitsue também tinha dificuldade para pegar no sono. Pensava no seu medo quando John Feeney avançou com a faca na mão, querendo matá-la. Mas sua amiga fantasma os salvou. Esperava que Susan Boardman se sentisse feliz, onde quer que estivesse. Só depois de um longo tempo é que Mitsue adormeceu.

Em seu quarto, Takesh Yamada não teve a menor dificuldade para pegar no sono. Toda a sua vida tinha sido perturbada pelos estranhos acontecimentos no outro apartamento. Havia sido demais. Mas agora tudo seria tranquilo. Os problemas haviam acabado.

À meia-noite, Takesh Yamada foi acordado por um estranho ruído. Era um gemido baixo, que parecia ressoar por todo o quarto. Seu primeiro pensamento foi o de que Keiko estava se sentindo mal. Sentou na cama.

Um velho de cabelos grisalhos flutuava no ar, por cima da cama.

— Ajude-me! — gemeu o velho. — Ajude-me!

Este livro foi composto na tipografia
Caslon 224Bk Bt, em corpo 11,5/18, e impresso em
papel off-set no Sistema Digital Instant Duplex
da Divisão Gráfica da Distribuidora Record.